最艰难的方式，徒步或骑行或自驾穿越冰封季节的白令海峡

最浪漫的方式，帆船或游轮随洋流横渡太平洋

最现实的方式，是这样的——

向东，去美国

高尚精神 著

WUHAN UNIVERSITY PRESS
武汉大学出版社

——带上属于你的《向东，去美国》，出发吧

开场白

NATIONAL FOOTBALL

你可以这样

看《向东，去美国》看美国

8 **西雅图** P166
微软总部
波音工厂
空军一号

9 **旧金山** P182
恶魔岛
九曲花街
纳帕
米其林三星餐厅
Google 总部
NFL 旧金山 49 人
17 英里
斯坦福大学

10 **拉斯维加斯** P198
《宿醉》之醉
秀之魅
夜的城市
枪店
鸟瞰拉斯维拉斯
科罗拉多大峡谷

11 **洛杉矶** P224
环球影城
星光大道
好莱坞
杜莎夫人蜡像馆
里根总统图书馆
衣阿华战列舰博物馆
自驾游

你还可以这样

看《向东，去美国》看美国

博物馆

大都会艺术博物馆 世界四大博物馆之一，馆藏埃及、巴比伦、亚述、远东、希腊、罗马等各地珍品330余万件。
……………………P040

MoMA现代艺术博物馆 当今世界最重要的现代艺术博物馆，馆内藏有众多大师的作品。
……………………P046

纽约自然历史博物馆 因为《博物馆奇妙夜》而名声大噪，成为热门景点。非常适合儿童观看。
……………………P048

国立美洲印第安人博物馆 白人西部开拓的历史，也是北美印第安人的血泪史。
……………………P106

国家艺术博物馆 该馆的东栋由华人设计大师贝聿铭设计，这一设计也奠定了贝聿铭的大师地位。这个博物馆收集了世界上最多的美国艺术品。
……………………P107

工业与历史博物馆 馆内收藏了众多美国历史上非常重要的文物，如杰斐逊起草《独立宣言》时用过的书桌，贝尔发明的第一部电话等。
……………………P108

国家航空航天博物馆 华盛顿的这个博物馆有大量飞机，包括西北航空公司的波音747大机头，阿波罗登月计划的登月舱等等。
……………………P109

美国国家自然历史博物馆 该馆收藏的内容与纽约自然历史博物馆相似，陈列的古生物化石、现代动物标本都栩栩如生。
……………………P110

新闻博物馆 该馆收藏有新闻事业诞生起世界上几乎所有珍贵历史的瞬间，这里记录着新闻的历史。
……………………P112

美食

米其林三星餐厅 旧金山这家叫做The Restaurant At Meadowood的米其林三星餐厅，更像是一个度假山庄，主营新式美菜，尤其是创意菜。
……………………P191

纳帕 美国有名的红酒产地，遍布大大小小的酒庄，很多酒庄允许游客参观酿造过程。好的红酒在美国供不应求。
……………………P190

纽约Smith & WollenSky牛排店 位于纽约49街和3大道的交汇处。餐厅1977年开业，巴菲特的慈善午餐在这里已经举行了16年。
……………………P019

阿甘餐厅 奥兰多环球影城外的阿甘主题餐厅，是根据电影《阿甘正传》发展起来的。它是个连锁店，在纽约时代广场、旧金山渔人码头等地方都有。
……………………P149

鱼市餐馆 位于圣迭戈的一家非常好的海鲜餐馆，不仅景色优美而且物美价廉，算上酒水大约人均40美元。
……………………P246

自然 & 风情

恶魔岛 一座独立的小岛，因为电影《勇闯夺命岛》而名声大噪，渔人码头每天有游轮可以上岛参观。
……………………P188

九曲花街 位于旧金山，专门设置了八个急弯，花丛掩映下非常漂亮。
……………………P189

玛格丽特·米切尔故居 《乱世佳人》作者玛格丽特·米切尔的故居位于亚特兰大，这里可以购买《乱世佳人》的纪念品，更是体会作家本人精神世界的地方。
……………………P141

卡梅尔小镇 被国画大师张大千称为"世外桃源"的地方，充满艺术气息和波西米亚风情，古董店、画廊、工艺品店繁多。
……………………P196

黄石国家公园 世界最大的自然公园。黄石国家公园几乎是检验深度美国自由行的标志。老忠实间歇泉、大棱镜湖都是公园的标志，黄石公园西门的帆布酒店更是夜晚观星的圣地。
……………………P290

大拱门国家公园 位于美国犹他州东部，是世界上最大的自然沙岩拱门集中地之一。
……………………P222

羚羊谷 位于亚利桑那州佩吉市(Page)，距离拉斯维加斯500多公里，只有正午很短的时间，阳光才能透过几处间隙照到红砂岩谷底。
……………………P223

科罗拉多大峡谷 自然世界最壮丽的景色之一，大约有1/3的地壳变动的历史被深深记录在这里的石壁之上。这里堪称活的地球历史教科书。
……………………P218

军事

总统机库 国家空军博物馆在莱特兄弟的故乡俄亥俄州代顿市，位于赖特－派特森空军基地旁，是美国最大的航空博物馆。三个连在一起的大机库收藏了很多珍稀品种的飞机，甚至还有美国最先进的飞机，馆内还有机会参观空军一号。
……………………P285

飞机坟场 亚利桑那州图森市的PIMA博物馆只有在工作日才能预约参观，博物馆里陈列展出的飞机养护情况良好。
……………………P278

中途岛号航母 位于圣迭戈港口，是美国中途岛级航母首舰，名字是为了纪念二战时的中途岛大海战。
……………………P249

太平洋舰队 圣迭戈是美国海军太平洋舰队第三舰队的司令部所在地。
……………………P250

衣阿华战列舰 2012年在洛杉矶港口圣佩德罗成为一个浮动的博物馆。
……………………P238

走进美国

自由女神像 美国的精神象征，内部博物馆陈列了很多建造时期的资料和更换下来的部件。 …………P023

白宫 世界上最有名的办公楼，没有之一。911之后想进去参观就不太容易了，只能在安保严密的围栏外远眺，所以，最好办法是去看美国的各类电影，宾夕法尼亚大街上也有一个专门的游客中心介绍白宫的历史和现状。 …………P102

国会图书馆 现在收藏各类图书、资料超过1.4亿件。其中，《古登堡圣经》为世有稀有。这座世界最大的图书馆由杰斐逊大楼、亚当斯大楼和麦迪逊大楼组成，总面积34万平方米。 …………P100

NASA 即美国国家航空航天局，位于弗罗里达州卡纳维拉尔角，是人类航空航天探索的圣地，能参观各式各样的航天飞机和珍贵历史文物。 …………P158

国家档案馆 1934年建立的国家档案馆保存了海量文件、影片、录音、照片和设计图等原始资料。镇馆之宝包括《独立宣言》《宪法》《人权法案》等珍贵原件。 …………P096

国会大厦 美国的人民大会堂，这座气势磅礴的建筑修建于25米高的国会山上，是整个华盛顿的视觉中心点。 …………P097

林肯纪念堂 1922年林肯纪念堂落成于华盛顿，有希腊神庙风格的建筑和倒影池、华盛顿纪念碑融为一体。 …………P086

CNN大楼 亚特兰大的CNN大楼是一幢复合型建筑，有电视台办公楼和酒店，有专门的开放行程供游客参观。 …………P134

纽交所 位于纽约华尔街，世界金融的中心，全世界金融交易的枢纽。 …………P036

谷歌总部 坐落于圣克拉拉山景城，从湾区开车大约需要一小时。由几十栋小楼组成，适合科技爱好者。 …………P192

微软总部 位于雷蒙德市，距离西雅图不远。整个微软园区由120多栋小楼组成，更像是一个开放式大学。 …………P174

波音工厂 西雅图往北48公里的埃弗雷特是波音工厂所在地，也是重要的飞机交付中心。这里不仅有博物馆、商店，还有主题游览，但是工厂内严格禁止拍照。 …………P175

阿灵顿国家公墓 近30万美国军人的公墓，一大片公墓依山而建，场面肃穆壮观。 …………P114

体育&大学

超级碗 卫冕冠军西雅图海鹰对阵近15年来第六次杀入超级碗的新英格兰爱国者，这是近十年来最棒的一届强强对决。 …………P260

斯台普斯中心 位于洛杉矶市中心，是NBA湖人队、快船队、WNBA火花队、NHL国王队的主场。 …………P229

旧金山49人队 这个曾经五夺超级碗的球队是旧金山人的心头爱。 …………P194

美洲杯帆船赛 拥有160多年历史的美洲杯帆船赛是与世界杯足球赛、奥运会和F1赛车并列的世界四大体育赛事之一。 …………P256

美联航球馆 芝加哥公牛队的主场球馆，全世界篮球迷心目中的圣地。 …………P123

斯坦福大学 美国西海岸最著名的高等学府，是整个硅谷的智慧发源地。 …………P197

哥伦比亚大学 位于曼哈顿上城区，常春藤八所大学之一。 …………P029

西点军校 美国历史上军事人才的摇篮。 …………P052

哈佛大学 常春藤联盟大学之一，美国最负盛名的大学。 …………P071

麻省理工学院 自然科学领域的顶尖大学。 …………P073

宾夕法尼亚大学 常春藤联盟大学之一，是美国第四古老的高等教育机构。 …………P082

加州大学洛杉矶分校 全美公立大学三强之一，申请人数最多的高校。 …………P228

消遣

拉斯维加斯的秀场 LE RÊVE和O秀是都城最有名的水秀表演，利用层出不穷的机械装置给观众呈现如梦如幻的景象。 …………P210

哈利·波特的魔法世界 2010年在环球影城中开业，是整个主题乐园的最大亮点。至今仍在不断扩建。 …………P150

好莱坞影城 有意思的乐园，里面的魔法王国和动物王国适合带孩子一起去。随着这几年迪斯尼陆续收购皮克斯、漫威、星球大战等公司，越来越多的电影主题产品和游乐项目陆续开张。 …………P156

洛杉矶环球影城 比较靠近市内，由一个养鸡场开始发展成为现在的电影大工业和主题乐园。 …………P230

迪斯尼乐园 世界上最吸引人的主题乐园。 …………P144

杜比剧院 从2002年开始，奥斯卡颁奖典礼就在此举行。从2012年开始该剧院由杜比冠名，音响效果自然超凡震撼。 …………P232

星光大道 好莱坞大道两侧有超过2500枚"星星"，代表着对娱乐产业有杰出贡献者的纪念，包括演员、音乐家、导演、制片人、虚拟人物名字等。 …………P231

纽约苹果商店 位于纽约第五大道北端的苹果旗舰店非常霸气，"果粉"的圣地。 …………P030

FAO Schwartz玩具店 著名的玩具店，儿童的天堂。

NBA商店 NBA商店旗舰店位于纽约，是篮球迷购物的天堂。 …………P032

Louis Vuitton 纽约店总有当季发布的最新款，每一季不同的主题也蛮有看点。 …………P030

Woodbury购物村 距离纽约大概一小时车程，整个美国东部地区最大的品牌折扣购物区。 …………P030

图书在版编目(CIP)数据

向东，去美国 / 高尚精神 著. -- 武汉 : 武汉大学出版社，2015.8

ISBN 978-7-307-16712-4

Ⅰ. ①向… Ⅱ. ①高… Ⅲ. ①诗集－中国－当代 Ⅳ. ①I227

中国版本图书馆CIP数据核字(2015)第204752号

责任编辑：瞿 嵘 杨 莹 舒 捷　　版式设计：采 彝

出版发行：**武汉大学出版社**（430072 武昌 珞珈山）
（电子邮件：cbs22@whu.edu.cn 网址：www.wdp.com.cn）

印 刷：北京华联印刷有限公司

开 本：889×1194 1/16　印 张：18.5　字 数：300千字
版 次：2015年10月第1版　印 刷：2015年10月第1次印刷
ISBN 978-7-307-16712-4　定 价：76.00元

推荐序

自由·自在

央视主持人 张斌

实在想不起来何时结识王诤老师的，总之很多年了，在我的工作环境里好像一直有他，飘忽而来，暗自遁去。叫“老师”显然不是客气，人家可是正牌的大学教员，课堂上也器宇轩昂地宣讲体育电视制作，学生们渴望求知的目光想必滋养着王老师一颗并不被外人洞悉的雄心，至少我是这么感知的。

王老师并不经常找我，从微信里跳出来的时候，只言片语都带着他眼镜片后那缕饱含笑意的光芒，特别传神，不笑不说话，额头上的细微汗珠不知是兴奋还是紧张所致，反正读着或听着微信，我的眼前就是王老师的尊容，恨自己的文字不能更传神。我曾经暗自揣度，日后某部以民国为背景的大影片中，他完全可以本色出演八面玲珑，眼神和身体都能说话的“襄理”，这当然不过是玩笑而已，王老师请见谅。

2015年2月，王老师飞往大洋彼岸的凤凰城，投身NFL超级碗赛场，这是很令人羡慕的。据后来发出的大作看，他在现场的位置相当不错，最为关键的是新作《最长一码》演绎得惊心动魄。国内除了赛事直播之外，这是我所见的唯一个人独立视角的现场报道，心中煞是敬佩。奔走世界，永在一线，这原本是我的职业理想，但时间久了，有太多的理由让我可以心安理得地远离赛场。其实我知道这是一种职业退化，看转播和在现场完全是不同的世界，而王老师自由的脚步实在可贵。既然到了凤凰城，王老师志在填补空白，嘱我联络NHL总部，望谋得一张记者证，屹立场边，用相机记录所见所闻。结果NHL未做及时回应，只得抱憾而归，我特别不好意思。

不出两个月，他又来了一次美利坚闪电之行，60小时横跨太平洋两岸，人家是杜比和万达请去参加《复仇者联盟2》的首映仪式，扛着心爱的相机，红毯之上，咔咔咔咔拍照，偶尔再拿出十分之一的精力记录下首映典礼上的红毯经验，嘉宾和粉丝互动设计，功能区划分一一刻在心里，回到课堂上，给嗷嗷待哺的学生们口若悬河一番，也算是教师本职吧。今年转播劳伦斯上海颁奖，红毯走秀有些纷杂，镜头恣肆，我刚刚稍有抱怨，王老师就从手机里跳了出来，他又在上海滩拼搏呢，我的些许疑惑也在他后来发出的红毯小记中找到了答案，他的敏感和观察全然是职业记者范儿，摄影技术混个红毯绰绰有余。王老师很细致，绝对有大志向，他的角度除了巨星名角，还不断盯着人家红毯大棚的搭建细节，用料不low，排水合理，这明摆着日后要在大舞台上自己比划一下的，有心人不得了。说到有心，王老师配得上，公众号里发出的照片无一例外要郑重搞上水印，并高声斥责丧心病狂的盗图之徒，心血嘛，支持。

每逢王老师在朋友圈里炫行踪时，我嫉妒心处于常态时就会感慨一番学校的悠然学风，可以给教师充分自由游走世界。如果处于高度嫉妒状态，那就啥也不说，收藏一下，见面时再调侃。王老师比我有情趣，体育现场不过是他世界的一小块拼图，从家中收藏则可见端倪，各种飞机模型，各类眼花缭乱的玩具模型，一柜子连着一柜子。如果说体育为大众，那航展则既高端且小众，王老师一路追寻，达成心愿，拍摄了世界三大航展和各国顶尖博物馆，作品就在书中，您可以认真品鉴一下，我是看不懂门道，只能心里佩服高速中捕捉银鹰的摄影技术罢了。偶见王老师在朋友圈里爆粗口就是为了他这些宝贝儿，有位同行居然质疑王老师不可能将两个最新机型拍在一个画面之中，言下之意是做了手脚，忍无可忍，王老师骂了SB，他容不得别人质疑他的专业品性，我信他是有见识的人。

在微信中屡屡与王老师逗趣，烘云托月般地提炼他的生活本质——自由，他给的回复不过是那句大俗话——世界那么大，我要抓紧去看看。世界是很大，得有勇气，得有脚步，否则不过只是一句话而已。其实，自由并非唯一核心，自在才是本质，按照自己的心愿规划生活，斜挎着背包四处奔忙，保持童趣，实在难得。有人曾经猝不及防地问我，“啥是幸福？”我的回答是，幸福之一是有走世界的能力，至少我希望我的孩子可以如此幸福，自由之后，有一份难得的自在。

自序

每每回想起我第一次美国之行前的焦灼就心生感慨。从当年每到一地必先为住所位置口舌一番到后来北京洛杉矶60小时来回即刻上路，一个通过20世纪过80年代《世界之窗》杂志就开始熟悉起来的国度，由模糊逐渐变得清晰。

长夜里，独自一人窝在酒店、青年旅社、咖啡店外，因异域风土人文触发的感悟敲下属于个人理解中的文字，细细打量那些被记录下来的图片。思想是要碰撞才能产生火花，但是经验却需经历才能分享。不论是唯一的纽约还是休闲的奥兰多，是骄奢淫逸的拉斯维加斯还是御海临风的西雅图，作为一个旅客，我是一个想得很多的旁观者。

很难想象作为一个普通人，从旅行过程到出版书籍都能切身感受到中美国家关系的阴晴变化，当然，比起文化理念上的冲突，很多直观印象带来的反差更大。出版这样一本书，希望曾经去过的人找到属于您的回忆，也希望给想去的、要去的带来更多期许。

感谢提供了精美照片的好友詹谊、尹磊、田宇、万全、魏萌、程驰、林煜、周津、陈诚，帮助我补全了应有的精彩。感谢曾经同行的沈晶、胡楠，我们共同记忆中有很多五味杂陈，其中甜远胜其他。感谢吴敏苏老师、徐越、贾恒轩，没有你们，陌生的旅行不能这样踏实。感谢我的朋友殷晓田、万鹏、缪希文、刘婧韡、邹洪亮、尹雪、马杉、姚瑶、赵密，"他乡遇故知"因为你们变得立体而且丰富。感谢新丝路李小白董事长和中国环球小姐唐雯，让我在环球小姐总决赛大开眼界。感谢王永治、杨琳、杨彬彬、贾文秀等腾讯的朋友，让更多的人一起分享快乐。感谢宋琦、陈伊伦、奥兰多黄老叔、葛昕、小白、陈楸帆，咱们在一起，是有多快乐。最后特别隆重感谢帮助我实现旅行梦想并把这本书从设想变成厚厚成果的几位亦师亦友的兄长，好人一生平安。

因为种种客观原因，不能尽善尽美，完美的心愿下次再偿，愿你拿到这本书的时候感觉物超所值。生活就在自己的脚下……

这，是一次用心走过的旅途
这，也是一次看得见的记忆
推开童年的一扇窗户，感受摸得着的精彩
身边纷至沓来，回首依然有爱
一个年轻传媒人的美国读城志
一个中国男人的印证和发现之旅
千万网友跟随他的镜头驴行
笑着，感悟着

纽约
NEW YORK
State of New York
USA

伍迪·艾伦曾经开玩笑说他最后一次进入一个女人的身体是参观自由女神像。但是想进入自由女神像里面参观一下并不容易，尤其是登高望远。

这里是我们最熟悉的陌生城市

这里是世界人民都知道的纽约

虽然我不是New Yorker

虽然我没有走出曼哈顿……

2013年从肯尼迪国际机场登上飞机后，轻敲舷窗，几乎要把这段自己编的词唱了出来。8次美国之行，途经纽约4次，从一个初闯天涯的“旅行菜鸟”首次新鲜记忆，到工作之余炮台公园的晨跑，被昵称“大苹果”的纽约能给人无穷联想的空间。

5点多开始喧闹的早晨，跑步、上班的路人与咆哮飞驰的美式“肌肉车”交织，哦，身旁有位说话带着东北口音的先生正打电话跟家里报着平安，时空瞬间产生了错乱。

不少的人误把纽约当成曼哈顿，又误把曼哈顿当成纽约，但有时候确实能互换。乘坐曼哈顿岛环岛游的小船从哈德逊河出海口往东看过去，巧妙的光线下，帝国大厦下的曼哈顿岛映衬出不同的色彩，更给这个城市平添了许多妩媚。横看成岭侧成峰，远近高低各不同，曼哈顿岛对面新泽西公园里有全景式观看曼哈顿岛的最好位置。

从新泽西回到纽约的桥上远眺
日落后的纽约
收了神通的太阳
似乎难以压抑住这座大城即将散发出来的
无穷魔力
我似乎能够明白为什么
《蝙蝠侠》系列中的哥谭会以纽约作原型
也能体会“了不起的盖茨比”
在新泽西的家中露台面对
海湾对面繁花似锦的躁动心情

01

已经有了130年历史的布鲁克林大桥连接曼哈顿岛与布鲁克林区，坐船经过大桥的时候同行友人聊起了自己的美剧史，他们聊的都是《六人行》，我的记忆里则是《成长的烦恼》，这就是代沟吧？

但纽约就是纽约，如果有人要问纽约可以逛几天，对于游客来说3天是必须的，7天也不会觉得烦，抱歉我没有在此长期生活的经历，缺少对柴米油盐的感悟。很多美国人说纽约空气不好，做为北京人只能呵呵了，看上去这里的大晴天还是蛮多的，蓝天白云比较清爽。纽约还有全美最发达的城市公共交通系统，如果不出曼哈顿岛的话，坐地铁经常比坐车更快抵达目的地。法拉盛是中国人的聚居区，长岛一排排有钱人的别墅，布鲁克林感觉非常野性，皇后区实在未曾涉猎，无数个碎片拼贴出一个关于纽约非常生活的真实镜像，看到谁，分谁看。

对纽约的游览，似乎像是一个印证之旅，无数美国电影和中国电影电视剧或多或少将印象张贴于脑海之中。“千万里我追寻着你，可是你却并不在意……”轻吟着歌曲，从第125街哥伦比亚大学旁边坐上地铁穿城而过去往华尔街，面对形形色色的纽约人，并没有偶遇倚门看报纸的布隆伯格市长，不，是前市长，仅仅是惊叹如此之多超过200斤、以至于分不清正反面的超级大胖子。很快这种印象又回到稍显陈旧的地铁车厢中，尽管有长达百年的历史

诉说过往的记忆，但初来乍到情不自禁会幻想《侠胆雄狮》里文森特突然出现或者《黑衣人》特工J奋勇狙击隐藏在我们身边的邪恶外星人。

接下来《向东，去美国》所描述的纽约相关内容，大约需要6个整天的时间完成旅程——这是在不会跑断腿的情况下相对紧凑的方案，过于潦草的走马观花没有统计过。在纽约逛街还是蛮累的事情，幸好美国运动装备非常发达，一双合适的慢跑鞋是相当适用的。进入11月之后的曼哈顿开始相当寒冷，尤其是楼宇之间刀割般的穿堂风，Don't worry，老美也穿秋裤，American Eagle这样的大眼花格牛仔店里都有得卖，下城区911遗址旁边的21 century就是一个大型的城市outlet，里面的名牌过季衣物价格之低会让你痛骂奸商的。

日和夜的纽约都有自己的味道。哈德逊河航道很宽阔，过往船只频繁，2009年一架全美航空公司的A320型客机曾经迫降于水面之上，机长的业务水平真是高呢。岛上与周边城区有水路交通，空中有专门的直升飞机游览俯瞰曼哈顿道的项目，地下有过河隧道，一样的早晚高峰，一样的拥堵，一样在《复仇者联盟》以及《蝙蝠侠6》里面被人计划全岛炸掉。跟泰晤士河、塞纳河相比，两小时的曼哈顿环岛游更像香港的维港夜巡，看的都是人类文明巅峰的摩天大厦灯火辉煌。

从曼哈顿的 downtown 城区高点看 midtown 区
帝国大厦还是那么醒目并且卓尔不群
浅色、有棱角的那栋楼旁边不远处就是
《复仇者联盟》1&2 电影中
虚拟的 STARK 大楼的所在地

02
03

04

05

纽约是属于世界的国际性都市，这里汇聚来自全世界不同种族、不同国家、不同语言、不同身份的人，集合于此再把影响带回各地。初到纽约，有一个突出的感受是街上残疾人特别多，后来终于发现了原因：美国针对残障人士的便利设施设计非常合理，各种交通工具及残障人士专用设备使用非常方便，所以他们可以轻松外出并以非常体面的方式挣钱。来到美国首先要特别注意的就是人与人之间的相互尊重，不仅体现在对残障人士上，还有对向你提供服务的人。

美国有悠久的小费文化，很多餐馆的侍应生真是要靠给顾客提供服务换小费生存的，纽约消费税率是8.75%，结账的时候都会单独把税标出，一般15%小费的概念大约就是税的两倍减零头，当然也有一些餐馆明确把小费数目已经计入总价的。来美国前多准备些1美元的零钞很重要，正常情况下服务行业只要是提供了服务就应该支付小费，这是一种社会契约文化。

有一个著名的段子来描述美国的小费文化："世界上胆子最大的人就是吃完饭没给小费下次还敢继续去那家

06

MORRIS

就是Smith & WollenSky 牛排店
就是这款牛排
《穿普拉达的女魔头》里米兰达指定要吃

08

09

10

餐馆吃饭的人。”但我不认为每个没收到小费的服务生都会像《搏击俱乐部》里面那样在你的食物中加点“料”。关于给小费有很多的传说，很多时候真是看当时服务的对象和他接受服务之后的心情，世界名人中不乏小费一掷千金的案例，尤以财大气粗的阿拉伯富豪为甚，但即便是美国人，也有小费给得抠门的，比如马克・扎克伯格，身为Facebook的创始人在罗马度蜜月吃饭没有给小费的事儿就被媒体广为报道。有时候，人们会心照不宣地把给小费的情况当成是衡量人的一个标志。位于第49街和第3大道交汇处的Smith & WollenSky牛排店[08]就是举办巴菲特慈善午餐的那家著名餐馆，拍卖已经到了第16个年头，竞拍价格早已超过100万美元。店内的陈设古色古香[09]，但是历史并不悠久，1977年才开业，内部就餐环境其实略显拥挤，不过牛排份量很大[10]，我一个人吃都有点费劲，但是跟曼哈顿的中国高级餐厅比起来，加上酒水、小费人均100美元左右的消费还算价格适中。

不少的人又误把华尔街当成曼哈顿，活得现实点也没错，钱嘛，至少不能跟钱过不去。华尔街的金牛和印度的白牛、太上老君的青牛、票贩子的“黄牛”并称“世界四大神牛”。2011年“占领华尔街”运动的时候这个大金牛曾经被圈起来保护。游客们都不能免俗得与之合影，奔放的游客已经把牛蛋蛋摸得闪闪发光[07]，据说，摸了能有好运气，你也可以试试。

11

12

组约市周边有3个大的民航机场，不同航班起降的机场都有所不同，经营北京直飞往返纽约的主要航班：国航在肯尼迪机场[11]，美联航在新泽西的纽瓦克机场，达美航空在拉瓜迪亚机场。不同的机场距离城市远近和地铁的近便程度都有所不同。肯尼迪有4条跑道、9个航站楼，第1次去的朋友别绕晕了——绕晕也不打紧，耗些时间，看飞机，这儿的飞机也是很好的风景。

13

14

15

16

发达的航空业以及四通八达的公路系统，使得美国城市之间铁路出行并不是一个主要的交通方式，但是中央火车站[12]在纽约的地位却坚如磐石。从这儿出发，离开，看，S回来了，Gossip Girl XOXO。

每到一个城市，体育、军事、博物馆这3样是我的规定动作，标配，所以得回头说说坐落于市中心的麦迪逊花园广场[13]，承载的不仅仅是迈克尔·乔丹的单场63分的壮举，还有这个城市的体育精神以及在这个城市更占主流地位的娱乐精神。

在纽约旅行需要提高警惕注意安全，比如走路不要靠着楼那边，提防有人从两楼之间窜出来持枪抢劫，坐地铁尽量乘坐人多的车厢，列车到来之前不要站得过于靠近月台边缘，关键的一点：少带现金，特别是不要让人发现你携带了大额现金。总体来说，第120街往南的曼哈顿还是比较安全的，911之后，时代广场明显加强了安保力度，通过高点监督控制广场的人流变化[14]。像纽约这么现代化的大城市警察还开“三蹦子”[15]巡逻倒是有些想不到，不过，面对小孩子的时候警察也会释放温情、幽默的一面[16]。有事找警察啊，小心撑得万年船。

你可以
去哪儿，看什么

纽约港
美国梦开始的地方

纽约最早就是从一个港口发展起来的，所有进入纽约港的船只都从自由女神像42英尺高的右臂下经过，当年小小的爱丽丝岛是19世纪每个登陆美国的新移民必经的关卡。我对这里的印象来自英国著名作家杰弗里·阿彻尔的代表作《凯恩&阿贝尔》，来自波兰的移民小沃伦戴克就从这里拥有了阿贝尔的名字，开始了美国梦，最后成为旅馆大亨罗斯诺夫斯基男爵。

42街西口就有个游轮专用深水码头，买张船票沿着大西洋西岸走走，或者横跨大西洋去趟伦敦，都是非常美妙的旅行。在这些巨大的游轮[01]上，吃、喝、玩、乐设施一应俱全，尤其是从迈阿密上船，出发前往美丽的加勒比海岛屿巴哈马、圣马丁、牙买加、坎昆，想想都觉得无比美好。在码头边的酒店里就能搜到游轮的WiFi信号，美好旅行的一切要素都齐活儿了。

01

《谍中谍2》和《国家宝藏》里男主在此都有重头戏

02

无畏号航空母舰[02]

二战期间建造的埃塞克斯级无畏号航母静静地躺在哈德逊河畔，在第42街西口中国驻纽约总领事馆旁边的码头，现在已经改建为一个浮动的航空航天博物馆。无畏号的排水量不到辽宁舰的一半，曾经参加过5次大海战，上面摆放了战斗机、预警机、侦察机这类真家伙，包括2011年才新增的企业号航天飞机，男人不能错过。

03

04

05

偶遇：海岸警卫队

偶遇美国海岸警卫队的公众日，MH-60直升机表演了悬停搜救演习[03]。美国没有阅兵，但是会有大量这种海陆空三军、国民警卫队的公众交流日可以让普通国民亲自接触。直升飞机前的协和客机可以用两倍音速在3小时内到达伦敦，同样的旅程波音747要飞7小时。

如果有时间还可以尝试一下鸭子船[04.05]，这种当年从海军陆战队退役下来的水陆两用车在旅游业中焕发出新的生机。

对于未能进入女神像参观而留缺憾的朋友，
如想弥补请观看电影《X战警2》，
里面有女神像内部的环境场景

01

02

自由女神像

女神像已经在河口守卫纽约一百多年了，远远望去，庄严、肃穆，她不仅仅是一个铜像，更是美国精神的象征。

伍迪·艾伦曾经开玩笑说他最后一次进入一个女人的身体是参观自由女神像。但是想进入自由女神像里面参观一下并不容易，尤其是登高望远。内部博物馆陈列了很多建造时期的资料，包括多次维修中更换下来的部件，算是以另外一种视角去审视。

03

04

05

06

帝国大厦

代表的不是世界高度，而是美国的勇气

尽管世界第一高楼的地位不断被吉隆坡双子塔、希尔斯大厦等超越，并且一段时间内被锁定在迪拜的哈利法塔，但是摩天大楼的标志只能是帝国大厦，除了名字霸气，还代表了美国立志从大萧条中走出来的勇气。这栋大楼建成于1931年5月1日，建筑高度448.7米（含天线），被美国土木工程师学会评价为现代世界七大工程奇迹之一，体现了当时超越时代的人类科技发展水平。

大厦已经建成80多年，里面的装潢02、陈设、卫生条件看得出来都经过了相当精心和科学的运营与管理，要知道这栋大楼甚至经历了1945年被B-25轰炸机直接撞击过78层的灾难，但至今岿然不倒还成为人潮汹涌的游客必到之地。我登顶4次，每次都因为种种原因不在最佳的拍摄时间，看看东边更具有建筑特色的克莱斯勒大厦04、南边百老汇大街与第6大道的交汇03，西边的麦迪逊花园球场06，再往上看看金刚打飞机的地方05，总有回味。

中国元素

2010年登上帝国大厦时，完全被这位穿着"Beijing 2008"大T恤衫的白人老哥震惊了——没想到这里还能看到中国元素啊？！——其实，当时，大厦的1层大厅还有上海世博会的陈列展示啊。每年中国农历大年初二、初三，帝国大厦顶楼都会亮起象征中国的红黄配色彩灯，一些中国公司和机构也在帝国大厦租用了办公空间。

不论是因为**《西雅图不眠夜》**还是因为**《金刚》**我都要去帝国大厦看看没有原因

01

02

03

04

05

06

联合国大厦
《成昆铁路》及其他

第42街向东走到头就能看到联合国大厦，每天有公开的游览项目可以游览联合国大会会场&安理会会场以及世界各国赠送的礼物和主题展。会场就是我们经常在电视中见到的样子，按字母顺序轮换国家位置，墙上挂有潘基文等8任秘书长的画像[04]。还可以看到中国政府赠送的象牙雕刻《成昆铁路》[05]，这座高1.1米、宽1.95米的手工品不论是雕工还是展示工程本身都堪称奇迹。

01

02

04

05

03

联合国大厦内景

联合国内有很多反战题材的艺术作品和文物，如入口处经典雕塑《不要暴力》[03]是1988年卢森堡赠送的，还有长崎核爆之后被烧蚀的石刻佛像，用AK-47突击步枪制作的电吉他极富创意。在楼内免税的小商店里能够购买很多以和平为主题的纪念品和邮票。

06

时报广场

世界的十字路口

纽约有个游客必去的景点，那就是第42街与百老汇大街交汇处的时报广场，因为当年《纽约时报》总部位于此地而得名，虽然《纽约时报》现在已经搬到港务局旁边。广场上的各式大屏幕昼夜不息地展示这个世界的无穷活力，中国国家宣传片的播放也曾引起了很大的轰动，现在最显眼的位置还能一眼看到新华社在大屏幕上的Logo。时报广场[01]对着的两边其实很像，让人看着有点傻傻分不清的感觉。

01

纳斯达克

时报广场的标志性景点很多，回头就是纳斯达克股票交易市场的巨屏，百度、新浪微博、搜狐、携程这些互联网企业出现于此使其在中国人心中的知名度大增，众多科技类创新企业在苹果、Google等世界级科技巨头的加持下屡屡创造财富神话。纳斯达克没有实体交易场所，企业上市就是在屏幕下的玻璃间内完成，通过电视画面呈现在这块大屏幕上。

02

03

征兵站

时报广场中间有一个很大的征兵站[03]，外墙上从左至右分别是美国的陆、海、空以及海军陆战队的徽章。大屏幕上不断播放着很有视觉冲击力的宣传片，看得人热血沸腾，真就有家长直接带着孩子走进去询问报名的。在美国，军人是一个特殊的职业，收入水平还是蛮高的，国家也会给予很多政策和物质上的支持。

04

05

06

你以为在这里就能随便表演展示？有个扮演撒旦宣传宗教网站的就被警察赶走了[04]，包括骑警[05]在内很多人维护着广场秩序，自由又安全，尽情卖萌的小女孩[06]眼神实在是太可爱了。

07

这一边，如果碰上了每年的新年倒计时降下大苹果就好区分了。这里是美国城市改造的典范[07]，尽管核心区域还有脱衣舞俱乐部存在，但是整个区域已经变成游人如潮的探梦圣地。

仔细看广场上林立的广告牌，很多都是电视节目和肥皂剧的广告，这也应该是美国媒体激烈竞争的产物吧，很难想象南京路或者王府井会挂满《焦点访谈》或者《虎妈猫爸》的广告。

旁边不远的巷子里有长期上演各种百老汇剧的剧场，《狮子王》《妈妈咪呀》，已经算是比较新的《蜘蛛侠》等都需要提前订票。

08

10

11

09

12

裸体牛仔[10]是时报广场标志性的人物，拍照的时候是11月，哥们儿是真够拼的，跟每个女士合影都用足十二分的表情。行走于此，既能看到路边瘦骨嶙峋、席地盖天而乞讨的[11]，又能看到各种COS的超级英雄[08]，随时随地给你来个惊喜，美式动漫中有一多半超级英雄都隐藏在纽约的平凡生活当中，我猜2016年上映的《超人大战蝙蝠侠》又将把这个城市折腾个溜够。

不过最神奇的还是一个拉美裔姑娘给一个非洲裔姑娘看手相[12]，这是眼睛欺骗了我还是人生欺骗了我呢？

整个时代广场周围基本上都是大众品牌和地摊货，但是迪斯尼[09]和玩具反斗城还是很值得去看看的。

中央公园
喧嚣城市的心灵港湾

很多人感慨在寸土寸金的曼哈顿能有这么一大片区域被规划为公园[01]，有湖、动物园、可以运动或者自由休憩的草坪、纪念约翰·列侬的草莓园以及林荫道，还有紧张城市工作生活之后放松的心情。

对于中国人来说，美白还来不及，要晒黑那真是千万别想，但是在美国，随处可以见到脱得赤条条一晒一下午的白种人[02]，尤其是中央公园这种纯天然的大草坪上，感觉他们的身体必须有阳光照射才能生活——维基解密的创造人朱利安·阿桑奇两年没晒太阳皮肤就苍白得接近透明。晒日光浴是一种高级的生活方式，至少也要有钱有闲度假的时候晒得均匀、接近于古铜色、没有内衣印儿那才被认为是最健康的肤色，不过看到有些黑人也晒我真就奇了怪了。单就在中央公园晒太阳这事儿，“谢尔曼将军”是最幸福的[05]，在最南边广场，什么时候去看“将军”头顶都有一只鸽子。

每年冬天，市内会有很多地方利用自然条件开发为冰场供人游玩，洛克菲勒中心的广场有一块，中央公园的大冰面更是与第5大道的繁华和深秋层林尽染的植被相映成趣[04]。中央公园内的植物种类非常多样，所以深秋季节呈现的颜色也丰富多彩[07]。

01

02

03

04

05

06

07

哥伦比亚大学

与你擦肩而过的还可能有你的女神哦……

位于曼哈顿uptown的哥伦比亚大学是美国著名私立学校联盟——常春藤联盟的8个成员之一，拥有包括美国总统富兰克林·罗斯福、欧元之父罗伯特·蒙代尔、大导演斯坦利·库布里克等诸多世界级的知名校友，新闻学院颁发的普利策奖是美国乃至全球新闻界的最高荣誉[04]。哥伦比亚大学与中国有着悠久的历史渊源，从胡适、冯友兰、徐志摩等名家到每年夏天都能在图书馆前智慧女神[01]边上遇到的操着中国各地口音留影的培训班学员，历史和现实带给你丰满的穿越感。行走在校园的时候，除了雄狮[03]，与你擦肩而过的还可能有你的女神哦，王力宏、李云迪都没错过……

01

02

03

04

电影**《钢铁侠2》**的STARK博览会的场景就在这里
仔细看看这个飞碟型建筑
《黑衣人》最后外星人要逃走坐的飞船就是了

法拉盛草地公园

在长岛，皇后区的法拉盛已经成了中国人的聚居区。1964年世博会给法拉盛留下的遗产包含现在网球4大满贯赛事之一的美国网球公开赛的主办球场以及众多的植物园、科学馆、博物馆和剧院。

第5大道
世界购物天堂

纽约是世界第一的购物天堂，第5大道就在天堂云端的最高处。

尤其是在第5大道从中央公园往南的这一段，除了随处可见的旅游纪念品店，还有众多的品牌专卖店，这些世界顶级品牌绞尽脑汁在此争相释放自己的魅力，《蒂凡尼的早餐》中奥黛丽·赫本每天早上都会来到第5大道的Tiffany橱窗前，一边吃着手中的面包，一边幻想着有一天自己能够在高贵的珠宝店里享受轻松的早餐。

从幻想中回到现实世界，匆匆忙忙的上班族也有自己的生活方式，在街头停下来，看张报纸，等着一双精光锃亮的皮鞋上脚，要的就是这款腔调。对街头擦鞋工，要的就是凭本事养活自己和家人的这种尊严。

01

“特朗普”

2015年宣布参选美国总统的唐纳德·特朗普不仅是地地道道的纽约人，还是美国的传奇人物，拉里·金在采访中这样评价他：“现在没有低潮，未来只有高潮。”这位地产大亨几起几落，这经历配合他推出的电视真人秀节目《飞黄腾达》，使他这种善于作秀的人物在美国这种特别适合张扬的国度如鱼得水，电视节目中的名言“You are fired”更是流传一时，加上在《华尔街：金钱永不眠》中客串自己，算是演艺界明星了。

他还是作家，版税会让人莫言自卑，第1本自传《做生意的艺术》号称“每个生意人的《圣经》”，卖出300多万本，在主持《飞黄腾达》后推出《特朗普：如何致富》订金就500万美元，第1章标题就是《写一本订金达500万美元的书》。

他全家都很吸引眼球，女儿伊万卡·特朗普既是曾经的超模，又是现在成功的接班人。位于第5大道的特朗普大厦只是他开发的众多物业之一，曼哈顿、拉斯维加斯、迈阿密等很多地方都能看到特朗普大厦，无一例外都有耀目的颜色和浮夸的装潢。那么，你愿看大厦还是更宁愿看故事呢？

02

03

位于第5大道北端的苹果旗舰店[02]霸气无比，每次新品发布都是“果粉”的盛事，最新产品提前1天网上预定好，直接取货就行。右侧建筑即是著名的广场大饭店，它是纽约最高级、历史最悠久的酒店之一，现代酒店管理之父埃尔斯沃斯·斯塔特勒所指酒店成功的3个要素一位置，位置，位置一就据此提出。

在第五大道LV、Chanel、Prada、Dior这些品牌是不能缺席的，它们在全世界各地的货品都会有些不同，但纽约总有当季发布的最新款，每一季不同的主题也是蛮有看点，Louis Vuitton Store致敬阿波罗登月40周年那次就让人看着格外耳目一新。

中国游客必备：Woodbury Outlets

Outlets，每个，不，应该是90%的中国游客到美国必去之地，所以先行介绍了。先行介绍的自然是世界最顶级的。

Woodbury Common Premium Outlets简称Woodbury，是纽约州最大的世界品牌直销城，也是整个美国东部地区最大的品牌折扣购物区。逛Woodbury是一个艰辛的体力活儿，赶上感恩节大减价更是让人血拼到眼红，2011年的“黑色星期五”我在这里买到两个60美元的Chanel钱包，这玩意儿当时在中国至少卖3000人民币……

04

06

05

从小都是被鼓励长大的美国人内心总觉得应该有超级英雄前来救世，纽约人甚之，由漫威电影重新带火的小朋友和已经成年的美式宅男大朋友都有自己可以寻找心灵寄托的地方，比如反斗城[04]或者Forbidden Planet[05]，不过在这里千万不要询问哪个超级英雄更厉害，那真是会引起一场核战争的！

迪斯尼这几年胃口越来越大，除了已经有的纯情公主和米老鼠、唐老鸭，这些年还不断把漫威、小熊维尼[06]、Pixar甚至星球大战都一一收入囊中，完整地覆盖属于我们童年的每一个闪亮角色。旗舰店和各种专卖店通过电影电视剧屏幕上开发的IP形象把衍生品卖得风风火火，尤其是圣诞挂坠和毛绒玩具，《飞机总动员》《海底总动员》《玩具总动员》，大人要买，小孩更要买，这真是《买买买总动员》啊。

07

09

10

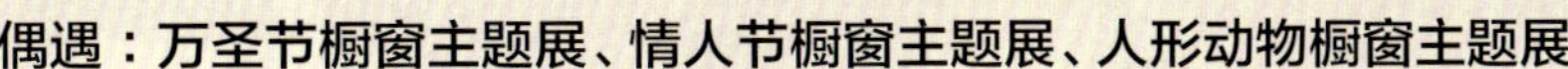

偶遇：万圣节橱窗主题展、情人节橱窗主题展、人形动物橱窗主题展

临近圣诞节，第5大道两侧的很多商家就开始对整个店面和外立面的装饰，Fendi每年都会祭出经典的大礼盒造型，夜景下分外妖娆。

第5大道与中央公园交汇处东西两侧的买手店Bergdorf Goodman是美国商家橱窗展示与陈列的元老和标志。这家1905年就在此开业的百货商店主打名牌奢侈品类的时尚精品，几乎提供美国最高档次的商品，服装、配饰、鞋帽甚至袖扣这类的东西都有设计师款，价格也非一般工薪阶层能够承受，本来就以装修设计考究而著名的店面每年都会推出迎接圣诞节的年度主题橱窗展示，比如2013年度的节日主题万圣节与情人节、2011年度的人形动物主题，陈设精巧，尤其是一些想法的呈现方式，即便是偶尔在旁边走过都要好好关注一番。

08

11

11

12

FAO Schwartz

苹果店旁边不远处就是纽约著名的玩具店FAO Schwartz，戴着经典黑帽子造型的门卫敞开大门迎接欢欣雀跃的孩子们。都说美国是儿童的天堂、中年人的战场，在这里，父母们发愁的是如何支付兴高采烈的孩子们挑选出来的玩具。超模琳达·伊万戈琳斯塔跟法国大富豪弗朗索瓦·皮诺特离婚时索要每月4.6万美元的子女抚养费，才知道原来他们4岁的儿子在店里是专门开有账户的。

店内的玩具确实看着好玩儿，能满足各个年龄段儿童的需求，连我都看中了一个霍格沃茨魔法学校的模型，思前想后，还是回来在淘宝上以1/3的价格买下了。

孩子们同样普遍喜爱的还有冰淇淋，但纽约也有城管，各种路边摊也不是随便出的，但是走过路过，千万不能错过一个充满奶香的冰淇淋。我感觉自己的纽约walkman生涯好多次都是被这种小车上的热狗解救的。我是青年人，而在美国好多的老年人同样喜爱热狗。

13

14

15

16

17

20

21

18

19

22

美国全民崇尚运动，从四大职业联赛NFL、MLB、NBA、NHL到每天的晨跑、瑜珈都有分门别类的运动产品与之相匹配。Nike Town在几个重点城市都有分布，纽约的也在第5大道边上，从当年的“中国易”[17]到现在的美式橄榄球装备[18,19]，耐克提供全系列运动产品，不过美国体育运动品牌非常多，Under Armour紧身吸汗内衣、Spyder的滑雪装备、Columbia的户外装备等等都提供专业的运动装备和服饰解决方案。现在中国品牌也开始通过赞助知名运动员的方式打入美国市场，但是这一块目前也是最难竞争的领域，很多品牌的代工厂已经开始向制造成本更低的中美洲及东南亚地区转移。

NBA在第5大道开旗舰店那可是当年的大事儿[20,21,22]，在美国4大职业联赛中关注度排第3的NBA国际化水平世界第一，但还是没能抵挡第5大道黄金铺位高昂的租金，门面缩水如斯[23]。

23

洛克菲勒中心
资本主义的地标级建筑

洛克菲勒中心并不只是一栋楼，而是洛克菲勒家族投资兴建的一个由19栋商业大楼组成的建筑群，各大楼底层是相通的，以70层的通用电气大楼为中心，东西南北都横跨三个大的街区。

这个建筑群在1987年被美国政府定为国家历史地标，也是全世界最大的私人拥有的建筑群，还是标志着装饰艺术风格建筑、资本主义的地标物。1980年代三菱财团曾经买下这里，后来日本泡沫经济破碎，又被美国人买回来，姜还是老的辣啊。

洛克菲勒中心建筑群是世界建筑发展的一个转折点：装饰艺术风格时期和没有装饰的现代主义建筑时期在这里相融共生。背负地球的泰坦神族擎天神阿特拉斯[01]、手握闪电的主神宙斯[02]，希腊神话风格的雕塑和建筑艺术有机结合。美联社、新闻集团、美孚埃克森石油、雷曼、通用动力等公司总部都曾在此驻扎，随意经过街边的玻璃门，进去一看就是世界著名的克里斯蒂拍卖行。

另外有一个著名的建筑是Radio City音乐厅，楼内雕塑、浮雕、壁画、装饰、灯具、家具、室内装潢都别有味道，是20世纪30年代Art Deco的典范。

01

02

03

偶遇：洛克菲勒广场圣诞节亮灯仪式

每年纽约最高大、装饰最漂亮的圣诞树就树立在洛克菲勒广场，在这里举行亮灯仪式，著名歌星和演员登台表演，冰上爱好者可以在金色的普罗米修斯雕像前的溜冰场尽情穿梭，从这一刻起，纽约正式进入庆祝圣诞节和新年的日子。

04

NBC

NBC是世界上综合实力最强的电视台之一，但在美国同样面临着CBS、ABC、HBO、ESPN等很多电视台的激烈竞争。

每天都有参观NBC的收费游览路线，早上在演播室外面还有类似Today Show这样的节目以观众为背景进行录制，虽然走进去就是这么裸露着电缆的天花板和各种演播室，但是对于想了解电视节目制作的观众来说也是一个不错的选择。

2008北京奥运会NBC演播室

2008年通过北京奥运会给世界传递中国的崭新形象，很大程度上是NBC奥运电视转播的功劳，当年我曾经进入NBC在北京设立的演播室，对里面舞美的中国元素设计和柔和的灯光布置留下了深刻的印象，延时8小时经过精心编辑才播出的开幕式获得了3项艾美奖。

01

02

曼哈顿

这次，俯瞰，从洛克菲勒中心

爬过4次帝国大厦都没有能爬一次洛克菲勒中心是我的个人遗憾，感谢朋友帮我圆了这个心愿。从洛克菲勒中心的顶端往北看，整个中央公园镶嵌在曼哈顿岛的画面立即浮现在眼前，仔细看，这里既能看到大都会博物馆，又能看到古根海姆博物馆和自然历史博物馆，实在是白天登高望远最佳的场所之一，富人云集的上东区高级公寓住所也清晰可见。

美国先锋艺术家安迪·沃霍尔在1964年拍摄了一部名叫《帝国大厦》的无声电影，这部长达485分钟的电影里只有一个镜头，就是帝国大厦。真的，没有任何别的东西了。1965年该片首映，不到30分钟观众就走光了。其实你根本不需要耗时8小时去观看这部电影，看看电影海报就能了解电影的全部内容。

纽交所探秘

我闻到了Money的味道

第一次来纽约的人几乎都会有兴趣到耳熟能详的华尔街看看。走到这里不要太失望哦，狭窄的巷道里就是世界金融权力的中心，虽然近几年如摩根斯坦利等公司已经陆续搬到了曼哈顿Midtown，但是纽交所的存在依然将这里牢牢锁定为全世界金融交易的枢纽。

朋友第一次走到这里曾深深吸了两口气说："我闻到了Money的味道。"一群人都被他逗乐了。我算是亲历过两次纽交所上市的过程，对这里抱有深深的怀念，从当年经过而不得入门的游客到站在台下与敲钟的创业者一起分享幸福，墙内墙外，花开遍野。

有一种说法：原本制造"911事件"的恐怖分子是要撞纽交所的，但是太不容易了，于是后来选择了世贸双塔。

不知道这说法是真是假，但自从911之后，纽交所的安保确实严了很多，这里也没有公开的参观流程，门口都是持自动步枪的警察，还有能升降的拒马以预防汽车炸弹。通常纽交所的外面都是挂美国国旗，但是如果赶上有中国企业在纽交所上市，外面就会挂出中国国旗。如果在外面拍照留念的时候正好赶上有中国公司上市，拍照时应该会带着不少自豪吧。

01

02

老派交易员

进入交易大厅，交易员一人对着几个电脑屏幕进行交易，现在已经很少能见到一个人拿着几个电话打手势的火爆交易场面，但是穿着蓝色工服的老派交易员记录的奇怪符号还是让人感觉莫名的新鲜。

纽交所现在由电子系统承担95%的交易量，剩下5% 需要做市商，开盘前半小时和收盘后半小时也需要做市商，一些IPO大单子如果技术系统撑不住，由做市商来进行调节，比如阿里巴巴。

传奇

这里是1789年乔治·华盛顿宣誓就任美国总统的地方，也是第1届国会的所在地。这栋模仿古希腊神庙的建筑前矗立着华盛顿的铜像，面对着华尔街的纽交所，雕像的手势与其说是保驾护航，更像是力压群雄。

《华尔街》
《华尔街·金钱不眠》
《华尔街之狼》
等电影从另外一个侧面
演绎了金钱的故事
更幕后
更具社会道德批判意义

03

纽交所内景1

台上敲钟之后，短则几分钟，长则1小时甚至更久，伴随这位老哥喊出报价，第1笔交易就算成功了，比如阿里巴巴上市开盘价92.7美元，涨幅36%，是2014年全球最大的一单IPO。纽交所主要由一些历史悠久的老牌大企业挂牌，有点像主板市场，道琼斯30种工业股票价格平均指数的成分公司主要来自纽交所，近几年纽交所和纳斯达克也开始了上市竞争，很多科技企业开始登上纽交所的舞台，在这里上市仪式感比较强。

04

05

纽交所内景2

纽交所内部红红绿绿的电子屏遍布其间，由于网络化操作，现在交易员已经越来越少，敲钟台下MSNBC专门搭建了一个财经节目演播室，随时就把画面直播出去了，值得注意的是交易所内美女极多，尤其是各种美貌的女记者，而且看上去并不是花瓶的那种。整体来说上市是一个很辛苦的过程，往往最后上市价格都是前夜熬夜谈定，每一块美金至少都决定了千万美金的得失，上午早早来敲钟报价，然后就开始一天马拉松式的接受采访。

敲钟之前，全体参加上市敲钟仪式的人一起来到这个历史悠久的大厅参加早餐会[07]，走一些纽交所的互赠礼物、讲话之类的礼节流程，这顿早餐相当丰盛，甚至可以说一个人都吃不了，虽然只是一些煎蛋、糕点，但在即将见证历史之前也算是生理上一个重要的安慰了。

经过严格安检后进入纽交所大厅前，等待早餐会的时候可以看到很多老式的股票交易工具[06.08]，从一个侧面阶段性地见证过自1792年开始的纽交所发展历史。

06

07

08

01

位置示意图

尽管新的自由塔已经接近完工，但是海上环游曼哈顿岛的时候，船上的导游还是会提醒大家当年世贸双子塔所在的位置，脑海中会自然勾勒出这样一幅画面。

世贸双子塔遗址

归零

2001年9月11日，当飞机撞向世贸双子塔后，我们都在大洋的彼岸观看电视直播。令人震惊的画面已经足够吓人，可以想像当时的场景对现场的人们甚至对方圆百里内的纽约人是一种什么样的恐怖体验。“911事件”深刻地改变了美国民众整体的心理状态，甚至深远地影响到日后世界政治、经济格局，即便二战时，美国本土除了零星气球炸弹袭击外，也没有受过这么大规模的攻击。恐怖分子驾着民航飞机就产生了这么大的破坏，美国人感到，危险再也不是那么遥不可及。

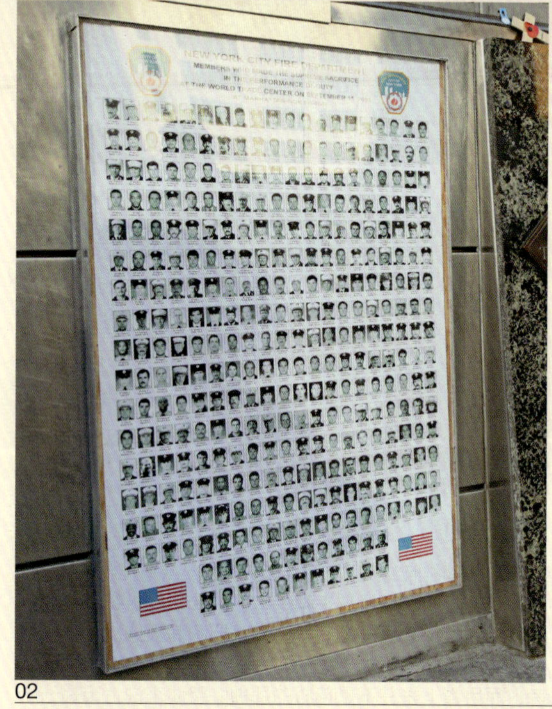
02

03

为了不能忘却的纪念

炮台公园有一个从世贸中心遗址迁移过来的铜球雕塑03，虽已破损，原状还基本保留。这个雕塑原来安放在世贸中心喷泉广场上，楼塌之后成为遗址中唯一幸存的大型遗物，前面有长明火加以纪念。遗址边上的911纪念遇难中心有很多后来发现的落满灰尘的遗物和详实并极有冲击力的文字图片资料，它们诉说着那个惊魂瞬间发生的故事。每年9月11日这里都会举行国家级的纪念活动。

04

偶遇：纽约消防出警

世贸遗址南边小街道旁的墙上有一组20米长的铜浮雕，表现的是911事件中奋勇救援以及英勇牺牲的343名纽约消防员02，每天都有鲜花吊唁。

在美国，消防员是一个稳定、高收入但是非常辛苦又有危险的职业，朋友的朋友申请候补芝加哥的消防员，8年才轮上。纽约市里经常会听到消防车的鸣笛，因为有联动机制，所以出勤率极高，什么千奇百怪的破事儿消防员都得去，虽然印象中消防员应该是健壮男士，但是也看到有干瘦老者，听到鸣笛，路面上的车争先恐后让道的画面让人不禁感叹美国司机整体素质之高。

归零地

在曼哈顿Downtown的千禧希尔顿酒店，能看到911遗址纪念博物馆归零地的全貌，当年世贸双子塔的基坑被做成了两个黑色的水池，里面安静、肃穆，低于地表站在基坑内的感觉又给人带来仰望苍天继续坚强活下去的坚定信念。

大都会艺术博物馆
徜徉在历史与艺术长河中获得精神的营养

著名的世界四大博物馆分别是：纽约大都会博物馆、伦敦大英博物馆、法国卢浮宫和圣彼得堡艾尔米塔什博物馆。相比之下，大都会博物馆并没有什么特别惊艳的镇馆之宝，但是大都会的陈列和展示是最好的。

馆藏埃及、巴比伦、亚述、远东、近东、希腊、罗马、欧洲、非洲、美洲前哥伦布时期和新几内亚等各地艺术珍品330余万件。展出的物品只是其收藏品的冰山一角，但是也足够游览者多次徜徉在历史与艺术的长河中获得精神的营养。

美国自己的历史不久远，但是保存历史的本事真有两把刷子，包罗万象的馆藏品背后有着丰富的背景知识，比如当年英国贵族流行把木乃伊磨成粉末拌着茶一起喝，埃及墓葬里面挖出的船模更让你感叹不论是东方的皇帝还是西方的法老，都喜欢玩模型呢。除了上百年来的积累，每年都有很多人主动捐赠艺术品和文物给大都会，所以馆藏越来越丰富。华盛顿史密森尼学会的那些博物馆也非常赞，但是一个个分类过于明确，如此集中的综合展示，大都会首屈一指，而且经常性举办的特展也有惊喜，主题设计和展品的规模堪称一流。

01

02

中文版语言指南

大都会博物馆至少需要大半天的时间去仔细欣赏，对于那些珍贵的文物来说，走马观花实在是一种罪过。馆内有包括中文版在内的各种语言指南，让中国游客可以安心游览。

03

05

06

非洲和南美洲文物

非洲是人类文明的发祥地，给人留下深刻印象的文物包括巫毒娃娃和黄金面具等等；南美洲是美国的后花园，包括天空之城马丘比丘也是美国人最早向世界揭示的。大厅内展出的灿烂无比的黄金制品，虽历经千年仍夺不走独特的地域风情和民族特色，为我们静静诉说西非草原文明以及印加文明、玛雅文明的故事。

04

古埃及文物

大都会博物馆最显赫的展品就是来自埃及的。在埃及以外唯一完整的神殿——典德尔神殿[04]，这是当年埃及政府为了感谢世界各大文化机构帮助拯救被纳赛尔水库淹没的古迹而赠送的，淹在水下确实不如放在这里展现给世人。馆藏的木乃伊[03]、纸莎草、陪葬模型、金质饰品虽不如开罗博物馆丰富，但是相关说明都做得很好，没有导游也能看懂。

07

毛利战衣

大洋洲文物、希腊文物都有专门的厅来陈列，不论是精雕细刻的大理石雕塑还是象征生殖崇拜的图腾柱，以及刻画神话故事的陶罐和有趣的毛利战衣。文明在此荟萃，短时间内在人类文明浩瀚史卷内汲取心灵的营养，暖意洋洋。

08

11

日本文物

日本铠甲原材料是竹条、皮革和麻绳，装饰华丽，虽然有点华而不实，但却是只有上层武士才能使用的奢侈品，除了标有不同家族标志的徽章和战旗，武士头盔的前立很有特色，每位大户都有自己特殊的样貌。紧挨着日本盔甲的就是中国清朝时候的将军盔甲。

09

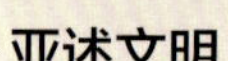

亚述文明

伊拉克北部亚述古城遗址尼姆鲁德刚被极端伊斯兰组织ISIS疯狂破坏，古文明血脉仅有的这点珍贵文物被保存在该博物馆中。大都会复原了亚述国王萨尔贡二世王宫门前的两个镇门兽[08]，左侧的拉玛苏是狮爪兽，右侧的舍都是牛蹄兽，看见初中历史课本上的文物真身好开心。

12

欧洲中世纪盔甲

要看欧洲士兵重铠，那还得去法国的荣军院和英国的伦敦塔，大都会可以给你一个很好的启蒙和历史沿革概念，尤其是盔甲上精美的雕塑和刻画工艺，最值得惊叹的是中世纪的那些战士，能把这么重的盔甲扛在身上还能抡起斧子砍人，实在是太了不起了。

10

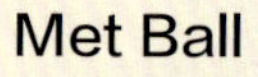

Met Ball

中国女星扎堆秀衣服向国人科普了Met Ball，虽然没有几个人真正关心这个由大都会时装馆举办、美国版VOGUE操办的慈善舞会的本意和2015年的主题“中国·镜花水月”。图示为2009年的主题：The Mode las Muse，抛开俗世的红尘，仔细欣赏一下精心策展的主题吧。

13

骑士厅

一组重装骑士昂然屹立在大厅中央，周围都是代表家族标识的旗帜。中世纪的重装骑兵背着将近40公斤重的盔甲，高举3米长枪，组成小队或者大队冲击敌阵，两军对垒前不仅仅是马队冲过来的力量，更给对手巨大的心理压力，当年600十字军重骑兵曾大破萨拉丁带的3万轻骑兵。哦，他们也输过，就败在拔都和速不台的蒙古骑兵手下。

14

珀尔修斯

古希腊神话人物珀尔修斯斩掉戈耳工女妖美杜莎的头，美杜莎就是范思哲的那个标志，传说中她的头发都是毒蛇，凡人只要看她一眼就会变为石头，珀尔修斯的这个形象最后幻化为希腊神话中的英仙座。

佛由心生

这是来自巴基斯坦或者阿富汗那片区域的菩萨造像，已经是当地人的模样了，佛由心生，这也许是佛的诸多化身之一吧，看展的时候就会发现，宗教在进行传播的过程中会根据当地的情况发生一定的适应性改变，比如在秘鲁见的圣母像就有印加人面孔的感觉。

15

16

17

现代艺术

现代艺术也是大都会收藏的一个重要层面，没有两件美国波普艺术领袖安迪·沃霍尔的作品怎么好意思在纽约立足呢？对于现代艺术的解读，每个人有每个人自己的看法，比如这样的一件装置艺术作品，赤橙黄绿青蓝紫，很多人可能会感慨：我也可以。

18

中国馆

大都会博物馆的中国艺术品收藏始于1879年，这130多年的历史也像一面镜子，折射出西方人对中国文化与历史的认知过程，在著名的银行家J.P.摩根等多位主席的大力推动下，博物馆对中国艺术品的收藏从早期的明清瓷器到玉器、金银器再到青铜器、佛教造像，直到具有深邃文化内涵的书画艺术，最终全面地了解绵延不断的中华五千年文明。

北魏释迦立像、齐侯四器、《照夜白》、《吴江舟中诗》等都是稀世珍宝，这些中国艺术品多为各界人士捐赠，很多都是兵荒马乱年代的流失文物。

19

21

20

既然是中国馆，多数文物来自中国，比如大厅中央的断臂观音菩萨像，周边还有一些来自敦煌的佛教造像和石刻。《北魏孝文帝礼佛图》[20]流失自龙门石窟宾阳中洞，同一石窟内流失的文昭皇后《帝后礼佛图》现藏于堪萨斯的纳尔逊艺术博物馆。长15米、高7.5米的元代佛教壁画《药师经变》[18]，画中众佛神态各异，场面十分壮观，展现药师佛地净土境界，虽历经沧桑，但画面仍然非常清楚，着色均匀，是来自山西洪洞县广胜寺下寺后殿东壁壁画。

看到这些可能不太爽，但也有些令人肃然起敬，比如说吧，艾斯特夫人捐款建造的中国古典园林明轩[21]于1980年在大都会亚洲部内落成。这座中国庭院以苏州的网师园为蓝本，聘请中国建筑研究院专家担纲设计，整个建筑的梁架、门窗、屋顶、地面乃至一砖一石都在中国制成，然后从苏州请来富有经验的工人精心施工完成。

22

23

1990年代是时尚行业超模[22]的黄金时代，一张照片能把辛迪·克劳馥、娜欧蜜·坎贝尔、克劳迪娅·希弗、琳达·伊万戈琳斯塔、克里斯蒂·特灵顿这些档期满满，影响堪比好莱坞明星的世界顶级超模汇聚一堂，这本身就是一个创举呢。吉塞勒·邦辰之后已经再无超模，模特行业已经进入了维多利亚的秘密、《体育画报》这样的集体品牌时代。

美国就230多年的历史，但是大都会没有忘记用还原一个美国大户人家[23]的方式去纪念这段相对短小精悍的历史，家具、餐桌上的银器、建筑装修风格都跟现在的新英格兰地区一脉相承，代表每个男人的渴望。

到了二战前后，海报里的姑娘就符合经典的美式审美了，美国队长劳军的时候给他伴舞的姑娘都这个扮相，与崇拜消瘦、内敛的东方现代审美不同，大胸、波浪卷发、洋溢着快乐笑容的姑娘[24]给征战欧洲战场的美国大兵无限的眷恋。

24

25

26

毕加索[27]

大师的作品《阿尔及尔的女人（O版）》以1.79亿美元拍了一个世界纪录，在他的特展中，既可以看到半裸上身俏皮的画家本人，又能看到他作品的历史沿革，不过，最后还是对那些很黄、很暴力的画格外有兴趣。

27

MoMA
不仅是欣赏，更是一种参与和融入

MoMA是现代艺术博物馆的简称，北京也有一个MOMA，不过那是地产项目，两者完全不能相提并论。这个由日本人设计的建筑本身就争议不断，在狭窄的室内空间闪转腾挪，从而为各种行为艺术、装置艺术、摄影、绘画作品呈现展示的机会。MoMA可以说是当今世界最重要的现代艺术博物馆，与伦敦的泰特美术馆、法国的蓬皮杜艺术中心并列，在这里看展，不仅是欣赏，更是一种参与和融入。

01

偶遇：中国艺术家作品展

在大厅内，把20世纪六七十年代中国人最常使用的家伙事儿都搬出来了[01]，暖壶、小孩的摇摇马、收音机……咱们看着还是挺亲切。但究竟是为了说明什么呢？还有一个行为艺术家专门开辟了一个房间[02]，所有的游客都可以把自己的身高姓名日期签在墙上，几千人签下来之后就很壮观了，我们也即时成为这个大行为艺术的参与者，好玩好玩。

从大都会出来，步行几分钟就能到达古根海姆博物馆，这栋建筑本身就是它最大的亮点，外表让人过目不忘，不过西班牙毕尔巴鄂和阿联酋阿布扎比的两家古根海姆博物馆的建筑也比较有特色。观众在馆内顺着旋转楼层一层层往上看，确实奇妙，但是里面陈列的艺术品，欣赏起来比较费劲，不写了。

02

03

毕加索的进化论

到哪儿都是毕加索，巴勃罗·毕加索，巴勃罗·鲁伊斯·毕加索，巴布罗·迪戈·何塞·法兰西斯科·狄·保拉·胡安·纳波穆西诺·玛莉亚·狄·洛斯·雷梅迪奥斯·西普里亚诺·狄·拉·圣地西玛·特里尼达·路易斯.毕加索，他画的牛那确实是牛，从写实的公牛逐渐抽象的过程到最后已经是几根线条了。

莫非抽象主义就是这么来的，然后又进化出了立体主义、超现实主义？

04

05

安迪·沃霍尔的《玛丽莲·梦露》[04]采取照相版丝网漏印技术，让画面像一张刚从印刷厂取来的未完成样张一般，他用不同的颜色大规模复制并作为画面的基本元素，一排排地重复排立。色彩简单，排列单调，一个个头像反映出现代商业化社会中无可奈何的空虚与迷惘。

创作于圣雷米一家精神病院的《星空》[05]是文森特·梵高最为著名的风景油画，画中呈现两种线条风格，一是歪曲的长线，一是破碎的短线。二者交互运用，使画面呈现出一种眩目的奇幻景象。同时骚动的天空与平静的村落形成对比，火焰则与横向的山脉、天空构成视觉上的平衡。

有位行为艺术家[06]做了一个作品，每个经过的人都可以对这个话筒吼两嗓子，于是在参观MoMA的整个过程中一直能听到各种鬼哭狼嚎，不着调的现代艺术，最喜欢的就是这种互动感。

所有的游客都在这些现代艺术品[07.08]前沉默良久，也带着我也能喷洒、摆放的心情踌躇离开。

06

07

08

纽约自然历史博物馆

《博物馆奇妙日》

有着百年馆史的纽约自然历史博物馆任何时间去参观，都能遇到美国的小学老师带着孩子们对着标本现场教学的场面，让我们艳羡无比。馆内陈列的天文学、地质学、人类学、古生物学和动植物学标本数量庞大，还有更多我们看不到的部分供科学家进行研究。

01

下面，你可以当我是介绍电影角色也可以当我是介绍纽约自然历史博物馆的藏品：

对了，门口骑马的那家伙是西奥多·罗斯福，那个更著名的罗斯福总统的叔叔，也当过总统，好战、尚武、西部牛仔的性格，一直喊着要参加美西战争和一战但显然不像电影里的罗宾·威廉姆斯和蔼有趣，但他被誉为美国保护自然资源之父。

恐龙[01]，大量的恐龙……庞然大物们可别挑在这会儿复活[01]。

还有好几部很值得看的IMAX电影呢，哈勃太空望远镜主题[02]的那个片子最好看，尤其是深邃太空中那些星云神奇的样子，宇宙和大自然是最伟大的艺术家。

萨卡加维亚[03]是美国传奇印第安女性，曾经帮助远征队到达太平洋沿岸，属于美国开疆拓土系列民族协作的代表人物，自然是电影中那个善良印第安少女的原型了。

BangBang[04]是大明星，每个游客都喊着"BangBang！"冲上去跟这个复活节岛Moi石像合影留念。

02

03

04

05

自然历史博物馆最重要的特点就是标本的情景设计布展效果就跟油画一样，拍出来就是一张有纵深，有透视关系，有动态还有生活情境介绍的好图：夜奔的狼[10]，还有准备放屁熏走天敌的臭鼬[11]，海中鲨鱼追击海龟[12]，目前地球上最大的动物蓝鲸[05]，并不好找但我在巴西圣保罗的动物园里见过活的僧帽猴[09]，都是这么的栩栩如生啊。

史前动物的两个特点：一个是超大，一个是骨骼特异，基本上都是貌不惊人死不休的。空中那只大龟[07]直径最少有两米，看上去很像犰狳或者乌龟的家伙英文名字直接就是：Tank[08]。

这棵树[06]的年轮表示它已经1500多岁了。红杉是世界上最高大的植物，最高能达113米，加州有一条路就是在树上开了一个洞，还能过车呢。

06

07

08

09

10

11

12

我的偶遇
湖人VS网

布鲁克林
我，谨以篮球的名义

01

纽约的篮球精神在麦迪逊，除了“林疯狂”那段时间，纽约尼克斯实在是扶不起来的阿斗。新泽西网迁到布鲁克林后也不叫纽约网，而叫布鲁克林网，启用新球馆，引进了凯文·加内特[04]、保罗·皮尔斯等球星吸引了很多球迷的关注，但成绩始终提不上来。看一场网VS湖人的比赛没想到票价如此之贵，怪不得全家去看球是好大的一件事情呢，但不看一场现场，对得起多年的体育迷吗？

02

球馆内的大屏幕[03]真是一件球迷互动利器，赛间休息期间，有两个小孩的斗舞，还有一位小伙成功求婚[02]，就算比赛不够精彩，所有的观众也都能high起来，唯一遗憾的是现场不允许使用单反相机拍照，有专人检查管束，也许微单可以，只要看着不专业就行。

03

04

05

06

07

08

09

2008北京奥运会

这些年现场看NBA巨星的比赛，最精彩的就是北京和伦敦两届奥运会的男篮比赛，除了年岁渐大的凯文·加内特和蒂姆·邓肯，美国几乎动员了所有的巨星全情投入。

2008年北京奥运会的中美男篮比赛吸引了时任美国总统小布什和他父亲观战，我就坐在基辛格博士的身后，比赛一开始中国队超常发挥，姚明、易建联单挑德怀恩·韦德、勒布朗·詹姆斯和科比·布莱恩特极其精彩，但5分钟过后渐显常态。

2012伦敦奥运会

2012年的伦敦奥运会，几位正值当打之年的巨星都明显呈现老态，尤其是马努·吉诺比利，已不是科比·布莱恩特的对手了。

每个体育迷的历程中最好的部分就是伴随那些曾经的新秀成长为巨星，但是看到他们终于抵挡不过自然的规律，还是有点黯然神伤。但最佳新秀出身的克里斯·保罗例外，至今是巨星，给史蒂夫·鲍尔默接手后的洛杉矶快船一个巨大的惊喜。

凯文·杜兰特同理，他就像是一个怪物，你能想像一个身高超过2.10米、双手及膝的人能够完成类似胯下运球、突破上篮甚至纵贯全场扣篮这样的动作吗？由此可见，KD真不是一般人，能够数次拿下联盟得分王和MVP，想必果然很天才吧。

我为我订制的

西点军校

因为我是军事迷

01

02

美国军事学院坐落于扼守哈德逊河口的西点小镇[01]，所以俗称西点军校。从历史和地理位置上看，这里就是兵家必争之地，托马斯·杰斐逊亲自选址西点要塞作为军校所在地，至今还有独立战争时期的炮台雕塑面对河口[02]。

整个校园景色异常优美，校内秩序井然。从第42街的纽约港务局巴士总站坐车大约两小时能到西点小镇，参观校园有1小时和2小时两种方案，都是需要提前预约并交验护照，并由专门的导游带上车集体参观，由于临近Woodbury，很多人选择“1天2景”。

西点军校是美国军事人才的摇篮，内战期间南北军对阵的统帅罗伯特·李和尤里西斯·格兰特，一战远征军总司令约翰·潘兴，二战盟军总司令德怀特·艾森豪威尔以及名将道格拉斯·麦克阿瑟、亨利·阿诺德、史密斯·巴顿、奥马·布雷德利都是西点的毕业生，甚至阿波罗11号登月的3名宇航员也有两位是西点毕业生，学校不仅以这些前辈英雄作为偶像，更流传着很多关于他们的有趣故事。

03

04

05

06

07

08

09

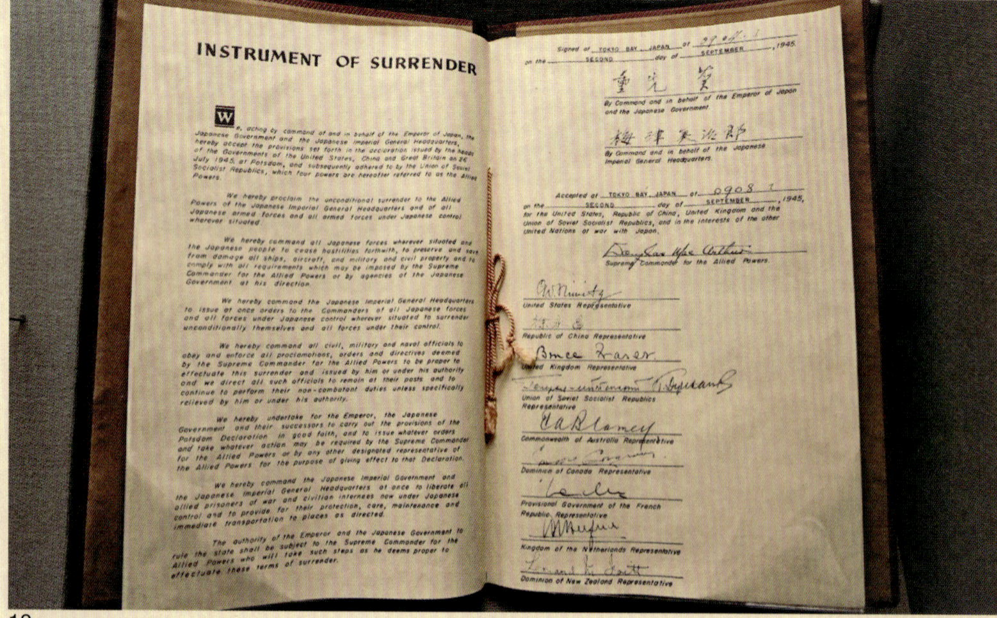

INSTRUMENT OF SURRENDER

We, acting by command of and in behalf of the Emperor of Japan, the Japanese Government and the Japanese Imperial General Headquarters, hereby accept the provisions set forth in the declaration issued by the heads of the Governments of the United States, China and Great Britain on 26 July 1945, at Potsdam, and subsequently adhered to by the Union of Soviet Socialist Republics, which four powers are hereafter referred to as the Allied Powers.

We hereby proclaim the unconditional surrender to the Allied Powers of the Japanese Imperial General Headquarters and of all Japanese armed forces and all armed forces under Japanese control wherever situated.

We hereby command all Japanese forces wherever situated and the Japanese people to cease hostilities forthwith, to preserve and save from damage all ships, aircraft, and military and civil property and to comply with all requirements which may be imposed by the Supreme Commander for the Allied Powers or by agencies of the Japanese Government at his direction.

We hereby command the Japanese Imperial General Headquarters to issue at once orders to the Commanders of all Japanese forces and all forces under Japanese control wherever situated to surrender unconditionally themselves and all forces under their control.

We hereby command all civil, military and naval officials to obey and enforce all proclamations, orders and directives deemed by the Supreme Commander for the Allied Powers to be proper to effectuate this surrender and issued by him or under his authority and we direct all such officials to remain at their posts and to continue to perform their non-combatant duties unless specifically relieved by him or under his authority.

We hereby undertake for the Emperor, the Japanese Government and their successors to carry out the provisions of the Potsdam Declaration in good faith, and to issue whatever orders and take whatever action may be required by the Supreme Commander for the Allied Powers or by any other designated representative of the Allied Powers for the purpose of giving effect to that Declaration.

We hereby command the Japanese Imperial Government and the Japanese Imperial General Headquarters at once to liberate all allied prisoners of war and civilian internees now under Japanese control and to provide for their protection, care, maintenance and immediate transportation to places as directed.

The authority of the Emperor and the Japanese Government to rule the state shall be subject to the Supreme Commander for the Allied Powers who will take such steps as he deems proper to effectuate these terms of surrender.

Signed at TOKYO BAY, JAPAN at ____
on the SECOND day of SEPTEMBER, 1945.

By Command and in behalf of the Emperor of Japan and the Japanese Government

By Command and in behalf of the Japanese Imperial General Headquarters

Accepted at TOKYO BAY, JAPAN at ____
on the SECOND day of SEPTEMBER, 1945, for the United States, Republic of China, United Kingdom and the Union of Soviet Socialist Republics, and in the interests of the other United Nations at war with Japan.

Supreme Commander for the Allied Powers

United States Representative

Republic of China Representative

United Kingdom Representative

Union of Soviet Socialist Republics Representative

Commonwealth of Australia Representative

Dominion of Canada Representative

Provisional Government of the French Republic Representative

Kingdom of the Netherlands Representative

Dominion of New Zealand Representative

10

11

西点军校门口接待中心侧面的博物馆，有1945年重光葵和梅津美治郎代表日本签署的投降文件影本。

接待中心对门的中餐自助小馆更不可忽视，墙上竟然挂着店主跟几乎所有历届中国军政高级首长的合影。

12

16

17

13

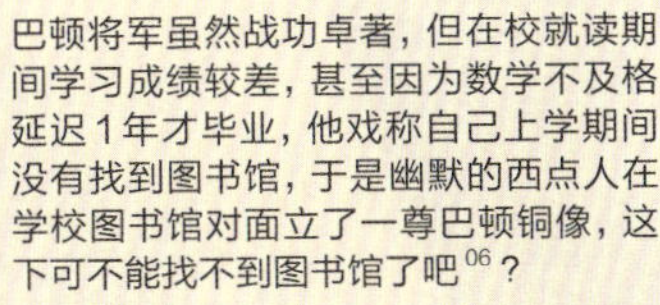

巴顿将军虽然战功卓著，但在校就读期间学习成绩较差，甚至因为数学不及格延迟1年才毕业，他戏称自己上学期间没有找到图书馆，于是幽默的西点人在学校图书馆对面立了一尊巴顿铜像，这下可不能找不到图书馆了吧[06]？

西点的教堂[07.08]是很多西点嫡系军官结婚的场所，不过你得提前1年预订而且你得有名望、有人脉、有钱。而死后也有很多人选择埋在青山碧水环绕的学校墓园，曾任清华校长的温应星是西点历史上第1个中国毕业生，死后归葬于此。

西点在校生共4400多名，实行精英化教育，能被西点录取的学生除了身体、学业等多方面优秀外，还必须得到总统、国会议员或者国防部高官推荐，入学之后还要经过非常严格的淘汰，迄今为止的毕业生最高成绩获得者还是五星上将麦克阿瑟。

西点军校并不死板，学员礼服[13]、宿舍[12]、美国童子军以及“EAT, DRINK, &Beat Navy”的徽章[14]都有趣，就是这杀敌一千、自损八百的变态武器核弹迫击炮[15]可别落入ISIS手中，这很严肃。

14

15

FINISH
Boston Marathon

波士顿
BOSTON
Massachusetts
USA

1897 年创立的波士顿马拉松是世界上最古老的马拉松赛事，与伦敦、柏林、芝加哥、纽约、东京并列为世界六大马拉松赛事。今天，来自国内的马拉松爱好者越来越多，很多人都把参加这六大赛事视为自己的目标。

从纽约乘坐大巴往东北方向开四个小时就到了美丽的波士顿，比起喧嚣的纽约，波士顿是一个安逸的好地方，整座城市透出一股静谧、安详的气息。之前对于这个城市最早的印象是教科书上的"波士顿倾茶事件"，美国独立战争的起源。两百多年，历史和政治课本让我们见证了北美从奋起反抗英国殖民统治到世界单边霸权主义的演变。

波士顿是一座老城，新英格兰地区的代表城市，前文提到英国作家杰弗里 · 阿彻尔的小说《凯恩 & 阿贝尔》中，两个平行世界中的"富二代"男主人公威廉·凯恩就是来自古老波士顿银行世家的孩子。波士顿城内有很多百年老房，没有停车位，没有现代公寓的豪华内饰，尤其是波士顿公园边上的，但是售价动辄数百万美元，说起来这都是源自数辈祖先积累的"Old Money"。

因为没有在冬天来过这里，我不曾体会波士顿的寒冷，所以波士顿一直是我最理想的美国居住地。很多同学、朋友正在或者曾经在这里生活、工作，当年自己也差点来波士顿做过几个月的访问学者。诸多因素交织在一起，我对波士顿的情感，可以用"爱恨情愁"来形容吧。

波士顿最美之处在于查尔斯河两岸，风物怡人，景色如画，沿着河边走，观河对面的风景，玻璃幕墙的现代建筑与将近 300 年的老房子也算相得益彰，波士顿科学博物馆、麻省理工大学都在目力所及的景色之中。

波士顿拥有悠久的历史，世界第一条有电灯的街道，世界第一条电话线都来自波士顿。这里高等学校密集，人口素质

01

相对较高，金融业和律师事务所比较繁荣，每个准备来美国上市的企业家可能都会专门到波士顿为Old money进行一次路演，展示本公司的发展前景和商业模式。2015年美国奥委会宣布波士顿将代表美国申办2024年的奥运会，但是波士顿人放弃了。从一个小半岛发展成为美国的国家历史发源地，到现在成为金融、教育、生物科技水平最高，人均消费水平也达到全美生活消费水平最高的地区，自然有着诸多引人入胜的地方。这栋约翰·汉科克大楼[01]是新英格兰地区最高的建筑。虽然因为玻璃幕墙的成功应用获得美国建筑师协会全国优秀设计奖，但是后来的设计问题让参与联合设计的贝聿铭遇到大麻烦。

02

03

04

05

波士顿是全美人口受教育程度最高的城市，整个大都会区有超过100所大学，除了世界最知名的两所大学哈佛大学和麻省理工学院外，还有波士顿大学、波士顿学院、东北大学等，王力宏和鸟叔读的伯克利音乐学院也坐落于此。别以为学区房是中国的特色，美国也有学区房，波士顿全美教育资源第一，我的同学中有两口子在波士顿安家，做客的时候告诉我他们家所在的区域属于全波士顿最好的学区房，自豪之情溢于言表。好的私人学校根据父母情况和孩子的情况来决定招生，好的公立学校是按照学区入学，住在好的学区需要缴纳的税也会相应多些。在美国教育还是很花钱的，虽然也有各种奖学金能够帮助到确实出类拔萃的孩子，但是私立小学、中学、大学的学费通常令一般工薪家庭咬牙也难负担。最优质的教育资源，各种综合素质培养所需要的辅助条件其实是最贵的投资。

波士顿科学博物馆[03]成立于1830年，馆内有500多个互动的展出项目，组织游客现场观看，还可以播放IMAX电影。博物馆以一般大众为服务对象，鼓励人们探索科学，提倡终生学习的理念，真正敦促你活到老学到老。

行走在马萨诸塞州议会金顶所在的古城核心区域[05]，白人比例明显高过纽约等城市，这里爱尔兰后裔也比较多。美国的很多城市治安都不算很好，比如纽约曼哈顿120街往北、入夜之后的洛杉矶downtown等要预防持枪抢劫等，更别提费城、底特律这种地方了，但是波士顿的治安状况整体感觉还是比较良好的。波士顿全年气温温和，近几年偶有高温闷热的情况，九月还能裸晒就得看体质了[04]。

波士顿地铁[02]于1897年建成投入使用，但是老城的地铁看着不像是轨道交通，更像是公交车，车内有很高的台阶，可以提前购买特色的查理卡充值刷卡乘车。

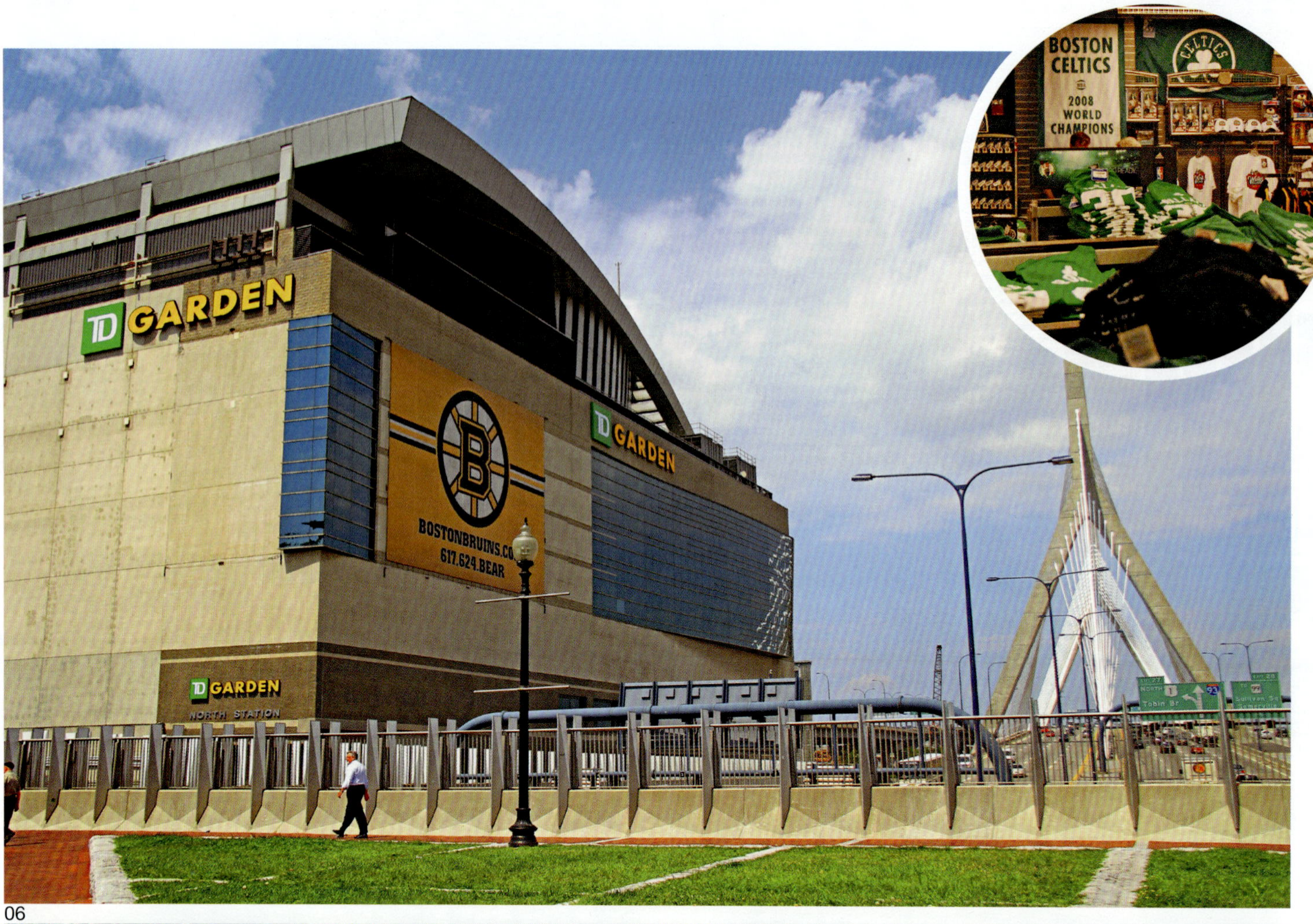

06

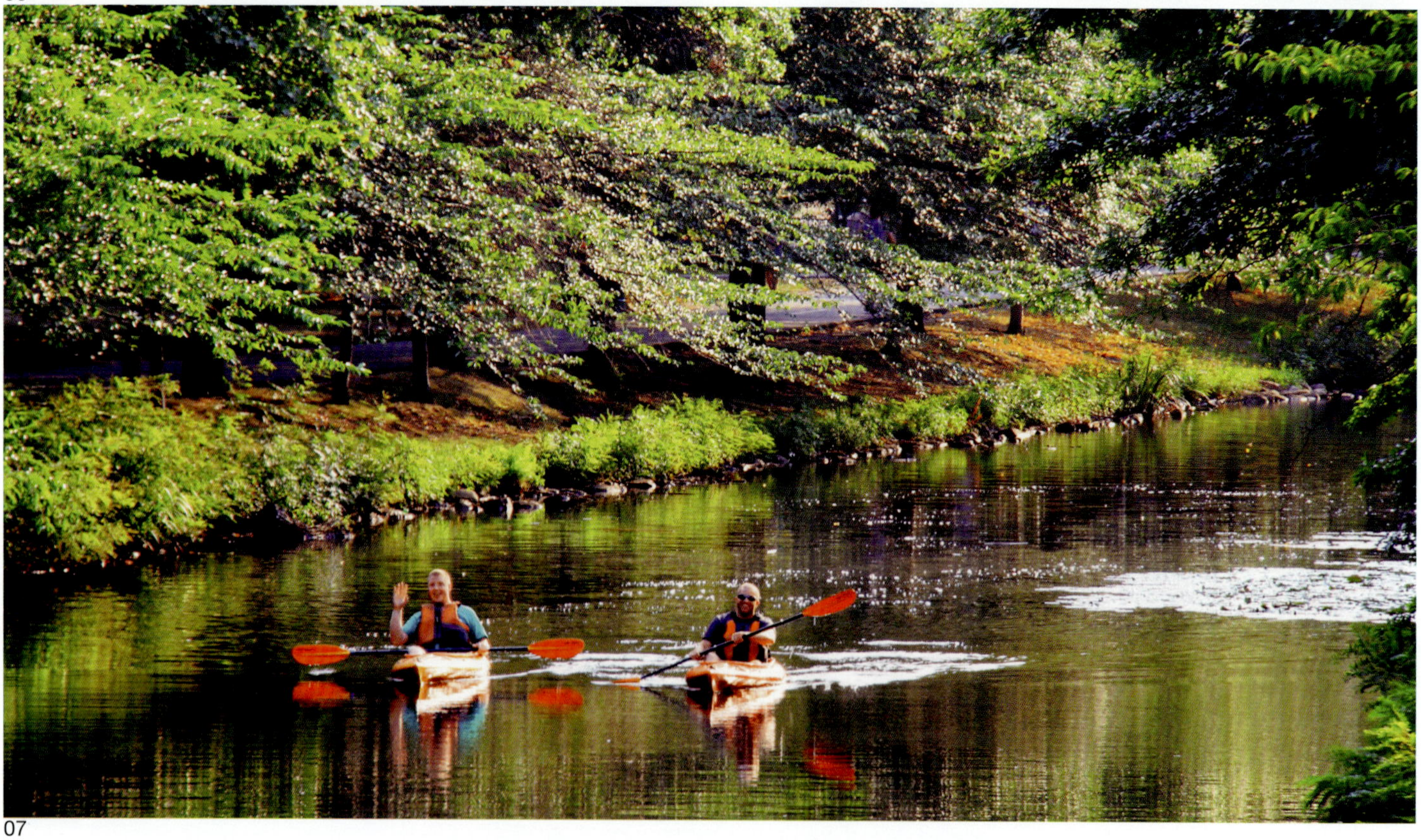

07

08

09

10

11
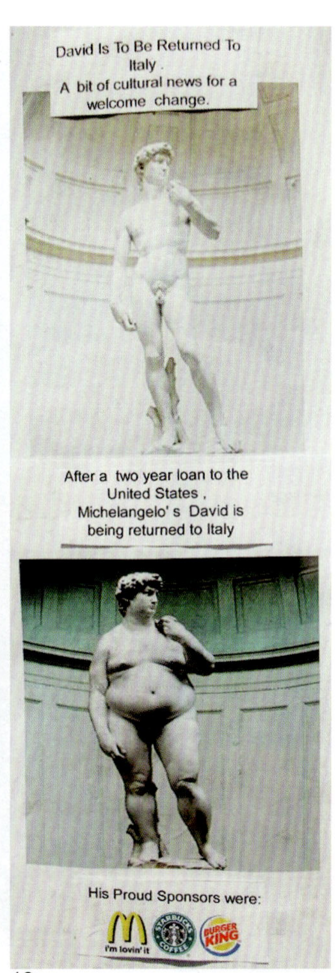

12

波士顿还是全美职业体育最为集中和发达的区域，2015年NFL超级碗经过跌宕起伏的过程，奖杯最终收入新英格兰爱国者队囊中。篮球的起源地就在距离波士顿都会区不远的斯普林菲尔德（春田），波士顿凯尔特人是NBA获得总冠军次数最多的球队，比尔·拉塞尔和“大鸟”伯德均为那个时代的旗帜性运动员。波士顿凯尔特人队的主场TD北岸花园球馆[06]应该是体育圣地，它同时还是NHL波士顿棕熊队的主场。和其他很多美国球馆一样，球馆在比赛前会根据不同赛事的要求铺设比赛场地和相关的设备。TD北岸花园球馆内有一个非常大的体育用品商店，在这里能找到各种球迷喜爱的衍生产品，不少东西看着匪夷所思，绝对够张扬，是死忠粉的最爱。

2013年MLB波士顿红袜队获得了队史上第八个美国职棒大联盟的总冠军，主场芬威棒球场就在市中心，非常醒目。波士顿棕熊队在NHL冰球联盟中也是元老，波士顿还有四所NCAA成员，大学体育运动同样非常发达。

美国人民非常热爱体育，几乎可以说是他们的生活方式。除了职业体育，群众健身也非常流行，早上和傍晚在查尔斯河边漫步就能感受到体育运动的无穷魔力，跑步、自行车、单板、平衡、皮划艇等大众体育运动开展得热火朝天，除了波士顿马拉松，哈佛和耶鲁的赛艇对抗史也延续百年，连街头卖艺的人都展现出了惊人的体育运动天赋[09]。

途径一个意大利人聚居区，一张海报[12]引起了我的注意，上面是大卫像，下面是意大利人把大卫租给美国两年后的样子，最下面是赞助商：麦当劳、星巴克和汉堡王。美国快餐通常被称为垃圾食品，这个创意广告侧面也反映了美国人的生活。

13

波士顿最繁华的商业街Bolyston街就一条大路，两边的建筑比较现代，也有很古老的教堂[13]，街边有两个连锁百货商店，想要血拼的人估计会有点失望，波士顿的最精华部分还是在文化艺术消费上。

波士顿公园[14]就是整个波士顿老城区的“绿肺”，就像纽约的中央公园一样，给波士顿人在工作之余提供一个心灵休息的港湾。

14

波士顿最有名的食品就是龙虾了[15]，在西岸的海港城市圣迭戈都以波士顿龙虾作为招牌菜不知道是什么思路。这里的龙虾主要产自临近的缅因州，再往北加拿大爱德华王子岛更是泛滥，亟需中国吃货前去帮忙，波士顿市内很多饭馆里都有清蒸龙虾提供，给你蘸橄榄油或者黄油，纯靠食材的新鲜取胜，除非是去华裔聚居区，才有各种烹制龙虾的做法。不过龙虾本来就是靠生长于寒冷海域，以肉嫩味美而著称，叫个外卖30美元送上一份一磅多的龙虾，吃到魂不守舍呢。

15

1897 年创立的波士顿马拉松[16]是世界上最古老的马拉松赛事，与伦敦、柏林、芝加哥、纽约、东京并列为世界六大马拉松赛事。城市中还有纪念波士顿马拉松百年历史的标志。今天，来自国内的马拉松爱好者越来越多，很多人都把参加这六大赛事视为自己的目标。2013 年的波马爆炸案就发生于设在波士顿图书馆边上的终点旁，造成 3 人死亡，百余人受伤，现在这里有纪念此不幸事件的标志。

位于市中心的波士顿公园有大片的草地，还有可以行船的水系，在这里溜达的时候可以注意一下身边有趣的雕塑，逛累了可以去旁边的 AMC 电影院看看电影，很多电影与国内上映时间并不同步，我曾经在这里看过原版的《盗梦空间》，看的时候睡得可香了。

波士顿的百年老房子在绿树掩映下散发着浑然天成的历史积淀感[17]。城区虽然古老，但并让人感到乏味。在查尔斯河边爱因斯坦的雕像[18]现代感很强。漫步在公园，你可以看到憨态可掬的青蛙雕塑[19]，妙趣横生。小鸭子和鸭子妈妈[20]总是能和孩子们玩得非常愉快。为了纪念 1942 年波士顿大火中牺牲的消防员[21]，波士顿还为他们专门树立了雕像。

你可以
去哪儿，看什么

自由之路
美国人的寻根之路

自由之路是一条用红砖和红漆标出的线路，经过波士顿市中心的16处重要的历史古迹，总长约4公里，始于波士顿公园，终点在查尔斯河对岸的邦克山纪念碑，沿途都是美国独立历史上很有纪念意义的地方，绝大多数免费参观，每个景点面积都不大，参观一遍这些景点对深入了解美国独立战争前后的整体情况极有帮助，一路上能碰到不少来此寻根的美国人，注意还有一条黑人人权步道在马萨诸塞州议会大厦和公园街教堂之间穿过自由之路。

传奇

乔治·华盛顿，美国国父，也可以说是一切现代国家的国父，这么说，并不仅仅是他领导了美国的独立战争并且主导《独立宣言》发表、制定美国宪法，对世界影响更大的则是，在两届总统任期结束后他自愿放弃权力不再谋求连任，为全世界的现代国家留下了一个范例。他的雕像在美国、《向东，去美国》反复出现，位于波士顿公园的这尊必须要看。

传奇

1775年4月，英军计划袭击位于波士顿郊外康科特的弹药库，保罗·里维拉知道后在老北教堂尖塔上悬挂出两盏石油灯示警，并连夜骑马前往莱克星顿方面报讯。莱克星顿方面民兵得以从容迎击英军，这一仗揭开了美国独立战争的序幕。

01

圣地

在现代国家的发展史上占有特别位置的自由之路，应该也是中国某些类别知识分子的圣地之一，值得特别参观并思考。

此地面积不大，景点多，一一记叙没必要，只列举如下：马萨诸塞州议会大厦(Massachusetts State House)、公园街教堂(Park Street Church)、谷仓墓地(Granary Burying Ground)、国王礼拜堂(King's Chapel)、国王礼拜堂墓地(King's Chapel Burying Ground)、本杰明・富兰克林雕像＆第一座公立学校波士顿拉丁学校旧址(Boston Latin School)、老街角书店(Old Corner Bookstore)、老南聚会所(Old South Meeting House)、老州议会大厦(Old State House)、波士顿屠杀遗址(Boston Massacre)、法尼尔厅(Faneuil Hall)、保罗・里维拉故居(Paul Revere House)、老北教堂(Old North Church)、考普山墓地(Copp's Hill Burying Ground)、宪法号军舰(USS Constitution)、邦克山纪念碑(Bunker Hill Monument)。

02

03

04

11

马萨诸塞州议会大厦[01]建于1798年，由十八世纪著名的建筑师查尔斯·布尔芬奇设计，别具一格的州议会大厦的金顶长期以来一直是波士顿市的标志。它被奥利弗·温德尔·霍姆斯描述为"太阳系中心"。

波士顿堪称美国独立的发源地，所以这里非常尊重爱国者。为了悼念伊拉克战争期间牺牲的官兵，波士顿还有专门的伊拉克战争阵亡官兵纪念地[02]。

很多纪念标志被刻在地面上[04]。比如波士顿拉丁学校的标志，1635年这座学校就成立了。

邦克山战役纪念碑[05]，自由之路的红色轨迹一直延伸到碑的顶端。

公园街教堂[06]在州议会和自由之路之间，两个教堂相隔不远，就位于州议会的东南角。公园街教堂比较有名，美国第二次独立战争期间还在这里存放过火药，1831年独立日，《星条旗永不落》之前的美国国歌《亚美利加》在公园街教堂首次演奏。

旧州议会大厅[07]没有马萨诸塞州一会大厦那么奢华，但这里可是首次宣读《独立宣言》的地方。

从马萨诸塞州议会大厦往东就能发现昆西市场[08]，这个历史悠久的市场直到现在还保持着热闹繁华的景象。广场前的一个卖艺帅小伙，能一边吹着苏格兰风笛一边把帽子从脚尖踢到头上[11]，运动神经和协调能力让人惊叹。

波士顿街边的小雕塑都很有趣，考比广场上龟兔赛跑的雕塑很好重现了这个寓言故事。不过谁能告诉我，龟兔赛跑究竟是哪个国家的寓言[09]？

波士顿街边的商店古香古色，路边一家服装店用老式缝纫机做橱窗展示[10]，一目了然而且新奇有趣；价格更是让人吃惊，居然打三折。

05

06

07

08

09

10

肯尼迪总统图书馆

“美国的王子”

约翰·菲茨杰拉德·肯尼迪是美国第35任总统，历史上最年轻的当选总统，时年43岁。自1938年富兰克林·罗斯福开始至今，13位卸任总统都有一座总统图书馆，这里不仅仅是一个博物馆和档案馆，更是对离任总统的纪念。肯尼迪总统图书馆位于麻省州立大学旁边一个风景如画的海边，参观这里能感觉到美国人对这位命运多舛的青年总统由衷的宠爱，绝对是了解美国政治历史中最负盛名又最有传奇色彩的肯尼迪家族历史不可或缺的一站。

01

“白宫复原场景”

肯尼迪总统任期内，美国发生了很多重大历史事件，如柏林墙、古巴导弹危机等影响世界的大事件。在复原的白宫场景中给出了录制电视讲话的情景，可以说肯尼迪是美国最早的和最会利用电视作为大众传播手段的总统，直到后来里根的出现，而奥巴马可以说是最会使用网络媒体手段的总统，大众传播手段的更新给政治影响带来新的魔力。几乎所有的总统图书馆都会对在总统在任时的办公环境进行复原。

02

03

04

1961年肯尼迪总统在国会发表人类登月计划的演讲，1969年7月阿波罗11号登月成功，尼尔·阿姆斯特朗代表人类迈出了一大步。被密封的月球岩石[02]和几次阿波罗登月计划任务的徽章陈列在图书馆中，用以专门纪念开始推动并且实施人类登月计划的肯尼迪总统。

图书馆内通过各种形式展示总统在任期间的珍贵文件和历史资料，包括手稿等[03]，为我们全景化展现了一个热爱航海、喜欢运动、英姿卓绝富有魅力的总统形象。1963年他在达拉斯遇刺，同样因为电视直播而呈现给美国人巨大的视觉冲击。很久以来一直有关于总统遇刺的阴谋化争议，如电影《刺杀JFK》等，馆内有专门的影像资料展示那段迷雾重重的表象。

肯尼迪总统图书馆[04]是现代华人世界最伟大的建筑师贝聿铭先生迈入大师行列的开端，在有包括多国建筑教父、现代摩天大楼发明人、美国建筑教科书级人物在内的14人参与竞标的情况下，当时相对名气较小的贝聿铭中标，虽然后来方案改了十几版，但是最终呈现的效果非常好，尤其是大钢架玻璃结构挑高的中厅[07]，巨大国旗垂下让每位游客都能找到美国之子的肃穆。

肯尼迪与尼克松的竞选中总票数差距很小[05]，最后获胜的成因主要还是因为肯尼迪牢牢占住了根据地新英格兰地区和副总统林登·约翰逊[06]的根据地德州及南部地区。尼克松则拿下了几个大的选举人票仓，如加州、佛州。电视辩论也是肯尼迪竞选成功的关键，风流倜傥的青年才俊形象在良好的电视包装下给美国政治吹来一股清新的空气，日后电视辩论也成为美国竞选的传统。

05

LEADERSHIP FOR THE 60's
KENNEDY ★ JOHNSON
FOR PRESIDENT
FOR VICE PRESIDENT
VOTE ROW B
NEW YORK STATE DEMOCRATIC COMMITTEE

06

艾美奖

比肯尼迪小12岁的杰奎琳，是美国人心目中最美的“第一夫人”，她把公众对第一夫人的认识提升到一个新的境界，从时尚风潮到举止行为都成为大众争相模仿的对象。1962年她主持由CBS制作的《白宫之旅》节目获得美国电视最高奖艾美奖公共服务特殊奖。

06

08

柏林墙

1961年8月13日开始建立的柏林墙见证了肯尼迪总统任期内东西方冷战的历史，1989年柏林墙被推倒之后，很多美国机构收藏了大量柏林墙的原物作为展品，数量之多令人咋舌，在美国旅游时经常可以见到。

肯尼迪家族

肯尼迪总统是第四代爱尔兰裔移民，曾经就任美国驻英大使的银行家约瑟夫·肯尼迪构筑了一个影响力深远的政治家族，先后遭遇不幸的飞行员长子、总统哥哥、司法部长弟弟以及像中了魔咒厄运连连的家族子弟，让人们在看这张幸福一家人的照片时心生感叹。现任美国驻日本大使卡洛琳·肯尼迪是总统长女。右图为光鲜亮丽的肯尼迪总统夫妇接待伊朗国王巴列维夫妇。

07

09

10

肯尼迪墓地

肯尼迪总统葬于华盛顿阿灵顿国家公墓内，后来已经改嫁希腊船王奥纳西斯的杰奎琳过世之后与自己的前夫、早夭的幼子、死于飞机意外失事的儿子安葬在一起，墓前的不灭之火静静地守护这一家人[09]，旁边不远处是被称为“雄狮”的小弟资深参议员爱德华·肯尼迪之墓[10]。

哈佛大学

比美国历史更悠久，辍学生比总统毕业生出名

哈佛大学几乎是世界上最有名的综合性大学，作为常春藤联盟的旗帜成员，哈佛大学为美国培养了一代代的社会精英，从这里走出了8位美国总统，上百位诺贝尔奖获得者曾经在这里工作学习，医学、法学、商业、文学等各个领域均对这个世界产生了深远的影响，连辍学生比尔·盖茨都成了世界首富，另外一个辍学生马克·扎克伯格则打造了Facebook。这所比美国历史还早的学校是如此有魅力，吸引一代代青年才俊从这里开始向世界出发，并且在功成名就之后反哺学校，校内很多建筑上能看到熟悉的名字，如哈佛商学院大楼[07]由彭博社创始人布隆伯格捐助。

“三谎雕像”

《社交网络》中有对这个雕像和学生生活的描述，所有的游客都会来这里看看著名的哈佛坐像，大家更心照不宣得把坐像左脚摸得精光铿亮，哈佛雕像底座刻着三行字“约翰·哈佛，建校者，1638年”。实际上，哈佛建校于1636年，哈佛也只是创校之初一位慷慨的捐赠者，更加好笑的是因为大家都不知道哈佛长什么样子，于是找了一个学生做模特做的雕像，时间久了，雕像一直在这里成为人们一个善意的玩笑，2007年几个MIT的学生还偷偷跑过来给雕像装上头盔和枪，将其扮成游戏《HALO》里面的样子，实在是太好玩了。

01

跟电影《**社交网络**》一样
每年考试前的一个晚上
会有很多学生突然冲出宿舍楼围着哈佛Yard裸奔
在传统学生看来
真是既荒唐又不可思议

02

03

04

05

06

07

08

哈佛大学坐落在波士顿查尔斯河对岸的剑桥小镇，哈佛Yard[02]被一圈学生宿舍包围，可以算是整个哈佛大学的中心区域。坐在这里看看，当年的梦想似乎照进现实，美好的大学时代，失去就不会再回来。

跟电影《社交网络》一样，学生们在这个小区域里面进进出出，每年考试前的一个晚上，会有很多学生突然冲出宿舍楼围着哈佛Yard裸奔，在传统学生看来，真是既荒唐又不可思议。

暑假的时候，到处都是慕名而来的带着孩子的家长，旅游团和提前踩点的美国家长和高中毕业生，美国人看哈佛耶鲁就跟中国人看北大清华一样。和战后因为计算机和核技术迅速崛起的斯坦福大学、加州理工大学不同，常春藤联盟院校的历史厚重感和底蕴还是美国人心底最为推崇的。

在美国名校上学，课业压力非常之大，旁征博引地撰写论文是必备项目，收藏海量书籍资料的图书馆[03]必不可缺。

美国乃至全球最重要的法律学术刊物《哈佛法学评论》自1887年创刊以来就一直是由法学院学生编辑并担任主编，连著名教授和大法官能否在该刊发表论文也要由近80人的学生编辑团队决定。1990年巴拉克·奥巴马在哈佛大学法学院[04]就读期间成功竞选成为第一位非洲裔美国人主编。哈佛学生社团中更为精彩的部分是俱乐部文化，小圈子精英认同感带来很多未来强强合作的契机。近几年，肯尼迪政治学院成为了中国人热门的进修场所，很多涉及中国的研究项目在此进行。

中国大学生很难理解为什么美国高校如此重视体育，尤其是《社交网络》中温特沃斯兄弟那种几乎将体育视为其学业一部分的人。美国大学体育是整个社会职业体育和群众体育重要的推动力，高额的奖学金吸引各种优秀的学生进入学校学习并为校队服务。哈佛大学的校队在强手林立的大学体育联盟中不能算是强队，但是哈佛每年跟耶鲁的对抗赛是学生们最为重要的节日。出身哈佛大学的林书豪在纽约疯狂的那段时间也算是给哈佛大学好好扬眉吐气了一下。

行走在哈佛校园周围，帅哥美女无数[06]，因为哈佛优良的教育资源和昂贵的学费，很多在这里学习的人要不是世界学霸就是极有家庭背景。多年来美国高校的推荐人制度和校友捐款体系与学校发展形成了一个良性的双向促进关系。

最后提一下，和中国很多大学不一样，哈佛大学没有校门，整个校园就是一片相对集中的区域，校园内的警车[08]还是学校专门配置的，想在学校内找个停车位很难，不知道停车贴条他们是不是也管？

麻省理工学院

"你就是再优秀都还不够优秀"

作为一名工科生，麻省理工更接近我心中的神圣殿堂。在自然科学和工程学领域，在世界科学研究领域的地位毋庸置疑，其中电子工程和机械工程在世界上数一数二，同时他的管理学、经济学、语言学等学科也位列前茅，斯隆商学院是美国著名的七所顶级商学院之一，不过麻省理工学院竟然还有音乐与戏剧艺术专业真是刷新了我的人生观啊。一般的学生在学习、睡觉和社会活动中只能做到两个，谁能三者兼顾那就是超人。用该校资深教授的话说："你就是再优秀都还不够优秀。"

01

02

03

中文译本

因为二战和冷战，美国政府大量投资于麻省理工，资助一些军队建设亟需的技术，军用技术转化为民用生产也带来整体世界科技水平的进步，如磁芯存储器、盘尼西林的合成等均对社会产生重要影响。在材料工程实验室展示的教材里面还展示了一本中文译本。

04

麻省理工学院每年限制招生2000人[02.03]，来申请入校学习的人真是打破了头，这些出类拔萃的学生不仅各个堪称学霸，而且不乏创意，MIT学生曾经把哈佛校门多次焊死。这种恶作剧层出不穷，主楼大穹顶竟然还被装饰成为《星球大战》里面的R2D2。

作为东部学校中工科的旗帜，麻省理工学院的计算机专业和无线网络布设在全国都堪称前列，在美国可能仅有加州理工能与之抗衡。学校的计算机学院主楼[04]设计特别奇怪，从正面看感觉所有的楼层窗户都是歪的，感觉别具特色。

IN MEMORY OF
THE MEN AND WOMEN
OF THE
PENNSYLVANIA
RAILROAD
WHO LAID DOWN
THEIR LIVES
FOR OUR COUNTRY
1941 – 1945
CLEOPATRA
Take Amtrak

费城
PHILADELPHIA
Commonwealth of Pennsylvania

USA

北美的火车站都修得不错，样子也都差不太多。费城火车站里面有一座雕像，坐火车来的、坐火车去的第一眼就是缅怀筑路工们，忆苦思甜：纪念宾夕法尼亚铁路公司的那些将毕生奉献给我们国家的男人和女人们。

波士顿–纽约–费城–华盛顿，连成一线的四个城市构筑了美国历史的开端。

这里是美国第一个首都，也是这个国家诞生的地方。

对游客而言，费城就意味着独立宫、自由钟和特色牛肉堡。

对体育迷而言，费城意味着76人和桀骜不驯的艾弗森。

北美的火车站都修得不错，样子也都差不太多。费城火车站[01]里面有一座雕像，坐火车来的、坐火车去的第一眼就是缅怀筑路工们，忆苦思甜：纪念宾夕法尼亚铁路公司的那些将毕生奉献给我们国家的男人和女人们。

在与纽约麦迪逊花园球场相邻的宾州火车站对面乘坐BOLT BUS前往费城游玩是件很舒心的事情，车内干干净净，还有插座和无线网，把手机调成静音，安静地坐上两个小时，就到了费城。电影《特工肖特》里面安吉丽娜·茱莉坐的就是这个车。

一开始想跟司机说“去费城”就给难住了，因为不知道费城的英文是什么，知道了Philadelphia后又不知道怎么发音，过程还蛮纠结（香榭丽舍大街默默笑了），后来当地的小朋友讲，他们就叫“废了又废”。蓝天白云又有故都加持的费城怎么也不该叫这个名字啊，曾经到北部黑人聚居区拍过饶舌歌手MV的小朋友把那里描述得恐怖无比，仿佛里面就是人间地狱，我们开车经过的时候，确实看到有一些破败的痕迹，靠工业发展起来的城市，在后工

01

03

02

04

05

业时代转型，全世界的城市转型都一样艰难。

在华盛顿、纽约之间穿梭的游客，很多人会用半天时间经停费城，逛逛独立宫景区[02]，差不多一天的时间应该够了。不过后来发现美国4艘衣阿华级战列舰之一的新泽西号退役之后竟然就停在费城市政厅[03]对面的河口，以后肯定会专门去看一次。

我对费城的全部印象，几乎都来自尼古拉斯·凯奇的电影《国家宝藏》。独立宫[04]是美国的世界自然文化遗产之一，1774年、1775年在此召开两次大陆会议，1776年通过了托马斯·杰斐逊[06]起草的《独立宣言》，宣布北美殖民地脱离英国，成为自由独立的合众国。参观独立宫和自由钟是免费的，但是必须先到游客中心领取参观的门票，专业解说员会组团带领大家一起游览，夏天的时候人潮汹

UNDED A.D. MDCCX

07

08

09

10

涌，最好提前订票。独立宫内有挂着自由钟的地方，还有独立宣言签署的会场，陈设相当简单。在外面的自由钟大厅[11]，钟上有因为质量问题产生的巨大裂纹，每年独立日，全美各种大小教堂敲钟齐鸣的时候，自由钟是第一个被敲响的。

费城景点真的不多，但是有生活情趣的人还是能发现很多好玩的地方，费城是全美最有名的Philly Cheese Steak发祥地，这玩意儿的地位有点狗不理包子的意思，不过最有历史的那家店并不在左上图[07]，而在它的对面，已经经营了80多年。这一家虽然历史较短，但店面开阔，广告打得好，明星、总统这样的大人物来得多些，店内挂满掌柜跟西尔维斯特·史泰龙、阿诺德·施瓦辛格等人的合影，特别想念这里的大号

11

12

泡椒。

刚刚遭遇了会说中文“你好，请排队，检查包”的黑人警察，在独立公园排队的间隙又意外碰到同样来自中国的熟人，这个世界是有多小？在故事角[08]听听独立战争的故事，凭吊一下开国元勋本杰明·富兰克林的墓碑[05]，参观《独立宣言》起草的历史，拍拍东欧系的美女[10]，逛逛造币厂[09]，费城虽小，半天还挺充实。

游览美国有一套很好的纪念品，从1999年开始，造币厂出品了一套具有各州特色的25美分硬币，设计巧妙，雕版做工精良，56枚硬币还含有海外领地（波多黎各竟然也算），自2010年开始在全美的50个国家公园发行，包括黄石、优胜美地等。这套硬币真是收藏爱好者的心头肉，尤其是从一大堆quarter中一点一点挑出来那才是成就感十足，不过每年发行5枚实在是个大坑，一下子就摁了你10年，我还差31枚。

13

15

16

17

18

费城虽然现在有点破败的劲头，但是瘦死的骆驼比马大，历史积淀和名门望族的收藏捐赠还是非同小可，费城艺术博物馆[12]是全美第3大艺术博物馆，去的时候正在举行皮耶尔·雷诺阿画作特展[16]。

从林荫大道走到这座希腊神庙式的建筑中，怀着对建筑造型艺术的崇敬拾级而上，首先映入眼帘的就是同大都会博物馆同样的一尊月神&狩猎女神阿尔忒弥斯弯弓搭箭雕像[14]。馆内藏品超过30万件，法国印象派作品全美最多，20个展室中有些著名的珍品，比如文森特·梵高的《向日葵》[17]、皮耶尔·雷诺阿的《沐浴者》、巴勃鲁·毕加索的《三个音乐师》，但是非常低调，如果不提前注意到很容易错过，不起眼的屋子里这些艺术作品几乎个个能破世界拍卖纪录，与游客仅有玻璃之隔，参观环境比卢浮宫看《蒙娜丽莎的微笑》强百倍不止。博物馆内收藏的美国家具、雕刻、手工艺品也较多，有专门的厅进行展示，北京智化寺万佛阁的藻井也收藏其中。

富兰克林公园大道旁边费尔蒙特庄园的罗丹博物馆，有奥古斯特·罗丹的著名雕塑作品《思想者》[18]《吻》《地狱之门》等，世界上究竟有多少尊思想者雕塑啊？后来在世界各地不计其数的地方见到过。

宾夕法尼亚大学

中国贤伉俪：梁思成和林徽因

费城也有好几所大学，属于常春藤联盟的宾夕法尼亚大学是最为著名的。作为美国第四古老的高等教育机构，它是美国第一所从事科学技术和人文教育的现代高等学校。近300年来培养了无数社会精英，建筑学家梁思成、林徽因都是该校杰出校友，有9位《独立宣言》的签字者和11位《美国宪法》的签字者与该校有关。

宾大由本杰明·富兰克林创建于1740年，费城市内几乎遍布纪念他的雕像[01]，作为创校元老，校园内更不能缺，校徽中海豚就是富兰克林家族的代表，中国小孩可能都学过这位美国开国元勋发明了避雷针，但是不知道他是如此伟大，除了是杰出的政治家外，在物理学、数学、热学、光学等领域都有研究，发现了墨西哥湾洋流，制定了新闻传播法。再庸俗的人都会爱他，因为他还出现在100美元的美钞上。虽然整个费城的治安环境都不算好，但是宾大周围可以说是全费城最好的区域之一，电影《变形金刚2》就在宾大校园内取景，学校里有很多具有悠久历史的纪念品。

01

02

沃顿商学院[02]

一个培养出沃伦·巴菲特、思科创始人、杜邦创始人的学校商科能差吗？沃顿商学院被《商业周刊》杂志评选过好几次年度全美最佳商学院，在金融、会计、市场管理、EMBA、国际MBA等方面的排名均高居全美商学院前列，哈佛、斯坦福、沃顿和麻省理工的斯隆商学院算是美国最强的四大商学院。

03

07

04

05

08

06

成立于1896年的宾大学生会[03.04.05.06]是美国第一个学生会，美国的学生会独立管理能力较强，学生会经费来源独立，学生会主席均为学校学生经过复杂而且激烈的选举产生，遵从罗伯特议事原则管理学生社团，处理学生事务，与校方沟通，权力相当之大，这是接受学生处和团委管理的中国大学生们不好想象的事情。

宾大学生会有专门的一栋楼，里面除了咖啡厅还有校学生会的很多纪念物陈列，人家的学生会都有90年、100年纪念的专属旗帜。

1976年庆祝美国建国200周年之际，一个12英尺高的红色金属雕塑LOVE[07]被安放在费城，后来迁到市中心的一个小公园，成为费城的地标，宾大校园内也有一个。

虽然现在学生们都用Facebook、Twitter、BBS这些网络产品来交流信息，但是求职、学生活动的广告还是必不可少，每次看到这贴的满满的海报栏[08]都有种误入北大三角地的错觉。

华盛顿
WASHINGTON, D.C.
District of Columbia
USA

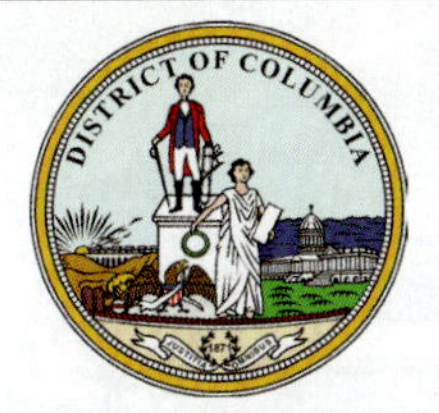

我一扭头就被震住了，华盛顿纪念碑的高大远远超出了我的想像。预想中它就是一般的埃及方尖碑的样子，结果一看它居然有一百多米高。

来往华盛顿一定要看好了，城市周边有3个机场，最远的巴尔的摩－华盛顿国际机场都到巴尔的摩了，开车得1小时以上，里根国家机场是国内航线机场，连续两次去华盛顿都是从波士顿飞过来的，不得不提醒大家，飞机降落的杜勒斯国际机场距离华盛顿城区还有点遥远。

美国首都的机场以威名显赫的国务卿而不是以总统命名，这还有点特殊，我想再过几年，说不定亨利·基辛格、兹比格涅夫·布热津斯基都有份冠名吧？

市中心威武的联合火车站[03]跟费城火车站、纽约中央车站、宾州火车站一样，也是美国国家铁路客运公司的大站，但是北美火车又贵又慢，相当于我们中国的“前高铁时代”。2015年，华盛顿到纽约的火车在费城过弯的时候还发生过一起严重的列车脱轨事故。

来之前曾经看过一些介绍哥伦比亚特区来源的文章，法国设计师皮埃尔·郎方在波托马克河边整体规划打造了这个至今看着都极气派的首都。世界上几个专门承载首都功能的城市如巴西的巴西利亚、澳大利亚的堪培拉估计都是依照华盛顿这个优秀的范例修建的吧。每一个都堪称人类规划的经典，后来者如缅甸内比都能不能达到这个高度还有待亲自前去考证。这些首都的源起甚至都大同小异，华盛顿的位置是为了平衡南方北方取的中线，堪培拉也是为了解决墨尔本和悉尼之争，巴西利亚到圣保罗和里约热内卢的距离亦差不多。这么看，有个代表给自己在国会说

白宫
美国财政部
间谍博物馆
世界卫生组织大楼
美国国务院
白宫访问中心
美国国家档案馆
美联储
新闻博物馆
国家艺术馆
联邦最高法院
国家自然历史博物馆
华盛顿纪念碑
林肯纪念堂
国会大厦
史密森尼学会
印第安人博物馆
国会图书馆
国家航空航天博物馆
杰斐逊纪念堂
五角大楼

01

02

话是很重要的一除了特区的居民，他们在众议院只有一名没有投票权的代表，在参议院则没有代表。

两次去华盛顿都是夏天，最突出的印象就是热。与同在北纬38度线附近的韩国首尔比，华盛顿可真是热多了，阴凉地还好，太阳底下走长路绝对要中暑的。偏偏，从国会山走到林肯纪念堂至少3公里，还没有什么摆渡车之类的交通工具，所以，夏天去的朋友，请珍重。

这条路为什么非要用走的方式来体验呢？主要是既能远观国会山的庄严，想像美国总统就职典礼的盛况，还能尽情浏览位于国家广场两侧的10座史密森尼博物馆[04]。史密森尼学会是唯一由美国政府资助的半官方机构。这10座博物馆涉及科学、艺术、人文历史，而且都免费。天气太热了就拐进博物馆去凉快一下，看看展品，出来以后，就觉得更累更热了。

除了史密森尼的博物馆外，华盛顿还有些别出心裁的博物馆，比如间谍博物馆和新闻博物馆，这些不属于史密森尼学会，是要收费的。

03

04

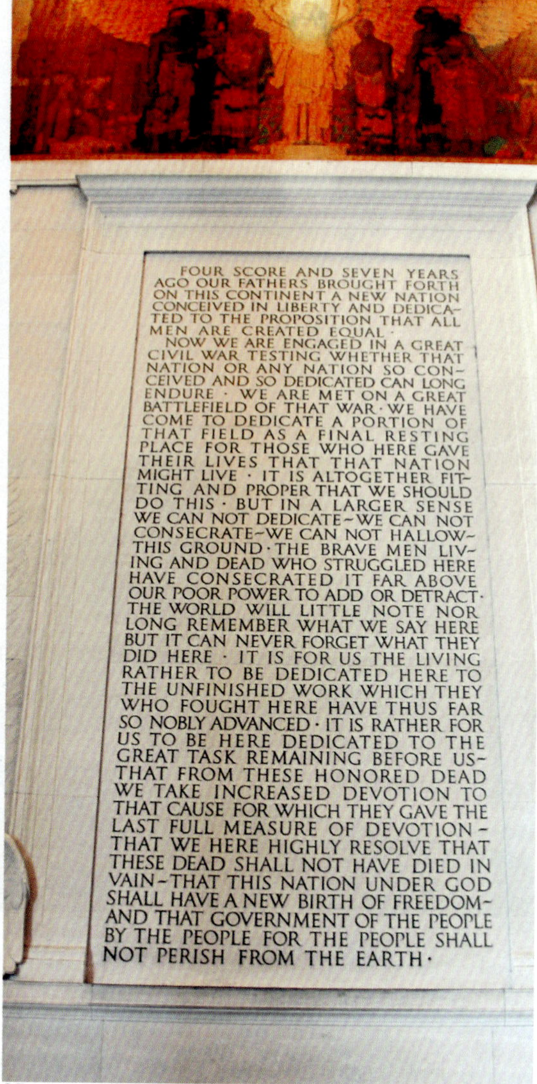

05

“林肯将永垂不朽于人民心中”，1922年林肯纪念堂落成，距离亚伯拉罕·林肯总统去世已有50多年，刻于林肯坐像背后的文字标示了这位解放黑奴和维护美国国家统一的领袖在人们心中的位置。林肯纪念堂这座有着希腊神庙建筑风格的殿堂与倒影池和华盛顿纪念碑等融为一体，当年马丁·路德·金就是在纪念堂东台阶上发表了著名的《我有一个梦想》的演讲。倒影池边的鸭子，似乎找到了它们的天堂，不过，有了它们的存在，这个水池似乎距离电影中干净清澈的样子好远。

林肯纪念堂是如此深入人心，以至于后来很多纪念堂依样画葫芦。走进纪念堂站在林肯总统坐像前，望着北墙的第2次就任总统演讲和南墙著名的葛底斯堡演讲[05]，“of the people, by the people, for the people”依然回响着自由与人性的光辉，对这句话最经典的翻译即“民有、民治、民享”。

4月是赏樱的季节，这时候大家都在向往京都哲学小道的樱花和东京目黑川、上野公园的樱花，在华盛顿杰斐逊

IN THIS TEMPLE
AS IN THE HEARTS OF THE PEOPLE
OR WHOM HE SAVED THE UNION
HE MEMORY OF ABRAHAM LINCOLN
IS ENSHRINED FOREV

07

纪念馆旁边，也有一条绝美的樱花大道[07]，不同于日本的收敛含蓄，这里的樱花都开得异常奔放，走在这里几乎要唱起《怒放》了。别忘了，华盛顿本身也是世界三大赏樱圣地之一。

在这里，第一次见美国人婚礼之后新郎新娘和伴郎伴娘拍合影[11]，虽然穿着礼服，但是跳得都很奔放呢。见多了国内的婚礼，美国婚礼还蛮有趣的。

托马斯·杰斐逊纪念堂是一座罗马万神殿样式的建筑，拾级而上，一直都需要仰望美国开国元勋高大的铜像[08]。总以为这是很早就有的建筑，没想到纪念馆直到1943年二战期间才落成。

门廊山墙上一组庄严的大理石浮雕刻画出杰斐逊等5人在美国独立前夕受大陆会议委任，起草《独立宣言》的情景。年轻的杰斐逊站在中间，他的左侧是本杰明·富兰克林、约翰·亚当斯；右侧是另两位合作者罗杰·谢尔曼和罗伯特·利文斯顿。

美国这些开国先贤个个都是极富传奇色彩的大神，乔治·华盛顿在绝对的拥戴下主动放弃总统连任，富兰克林在《费城》已经介绍过，而杰斐逊除了是美国第

08

09

10

3任总统外，同时也是农业学、园艺学、建筑学、词源学、考古学、数学、密码学、测量学与古生物学等学科的专家，又身兼作家、律师与小提琴手，还是弗吉尼亚大学的创办人。甚至连现在饭店用来传菜的电梯也是他最先发明出来的。世界上能有这么聪明的人也太令人叹为观止了，情不自禁打量着手中的2美元纸币！

华盛顿真就只是一个首都，仅仅承担行政功能，以国会山为中心，分为东南、东北、西南、西北4个区，其中西北区是主行政区，大家知道的纪念碑和博物馆均位于此，城市内的街道规划按照ABCD和数字来命名，有点九宫格的感觉，游客基本上都是在常见的旅游景点附近活动，整个市区还是蛮大的，篮球界盛产中锋的乔治城大学也在华盛顿。爱因斯坦的雕像[10]因为《博物馆奇妙夜2》而声名大振，很多人都会去找他，这个智慧的老头儿憨态可掬地坐在那里乘凉，鼻子头已经被游客摸得发亮了。

我一直很好奇为什么在美国很多城市都能看见南美解放者西蒙·玻利瓦尔[09]的雕像，就算美国跟西班牙为了争路易斯安那、新奥尔良、德克萨斯这些州狠狠打了一仗，也不用专门纪念他吧。后来在巴黎等很多城市都看到他的雕像，才意识到这个人对世界历史影响深远。

11

12

13

14

15

16

17

2009年还相对比较新鲜的Segway已经被作为游客逛华盛顿城市路线的助力工具[13]，没钱的如我们暴走，有钱这确实是个很好的游览工具。

二战纪念水池[14]，象征太平洋战争和大西洋作战的两个罗马式拱门廊分列两边。酷暑中偌大清澈的水池成为游人歇脚的绝妙场所，那种美妙能够让你立即感受到这个世界浓浓的爱。

华盛顿市中心有一条唐人街，比纽约和旧金山的都要整洁很多，这里中餐馆密集，老外来这里点餐都是每人点一个菜自己抱着吃，跟中国人大伙分着吃完全不一样，大家互相看着都觉得挺奇怪。我感觉唐人街几乎是在最繁华的市中心，连NBA球队华盛顿奇才的主场上面都挂着“体育中心”[15]四个汉字，傻傻分不清这里究竟是在香港还是在美国。

最近几年城内的黑人人口越来越多，美国的胖子也很多，走在马路上经常会出现这种你很担心膝盖能不能撑住体重的巨汉[16]。

华盛顿的设计也不是没有缺点，当时的道路设计都是基于马车行走，所以现在华盛顿的市内交通条件比较差，尤其是周一到周五的早晚高峰，通往华盛顿的高速公路经常发生单向剧烈拥堵。华盛顿的地铁[17]是美国第2繁忙的地下轨道交通系统，现在已经有5条线了，比纽约深得多，而且非常开阔，感觉小飞机都能开得进去，明显具有核战争防空洞的效果。

你可以
去哪儿，看什么

“美国”
咱也看看别人的各大部委什么样

美国的各大部委几乎都在华盛顿，各种办公楼建筑体积都极其庞大。五角大楼应该是雇员最多的部门，农业部排名第2，国务院、司法部人都不少，比如罗纳德·里根行政大楼感觉就好像比人民大会堂还大，一些有名的单位看起来非常不显眼，但各有各的职责。还有一些基金会、智库、美国特色的游说机构等活跃在政府部门附近，各有各的企图。

联邦最高法院

其实我很震惊于联邦最高法院[01]居然还能参观！这栋巨型的大理石建筑内灯光昏暗、阴气逼人，估计有了大案子，一堆律师唇枪舌剑的时候就需要这样威严的效果吧。

更令人震惊的是大法院内竟然有旅游纪念品商店[02]，售卖具有最高法院标志的笔记本和一种很有特色的纪念品铅笔，铅笔的两头都是橡皮，看着像法槌的模样。法院内一个不可错过的景点是旋转楼梯[03]，不注意的话很难找到。

相反大法院太容易找了，与国会山相距200米，就在宾夕法尼亚大街[04]上。这条用直线连接白宫和国会山的大街上有很多美国政府部门以及高级酒店，白宫的门牌号就是“宾夕法尼亚大街1600号”现在我就要去闯闯美国各大部委了。

01

02

03

第1次见到宾夕法尼亚大街
是在中国最早引进的一批大片
《真实的谎言》
阿诺德·施瓦辛格
早起上班的镜头曾经出现过
这个“景点”

04

05

泛美健康组织和世界卫生组织办公楼

路过的时候楼上还挂着预防甲流的宣传画，奥巴马总统任内最大的成就之一就是他的医疗保险改革法案，由卫生及公共服务部、食品药品监督管理局以及私人医疗体系构筑了美国庞大的卫生保健系统。

邮政大楼

邮政业是相当庞大的产业，每年邮寄优惠券打折卡的数量非常巨大，在别的国家流传并不广的录像出租邮寄业务和目录邮寄销售业务，在电商时代之前是一个巨大的产业链。除了政府经营的邮政快递业之外，美国还有联邦快递、UPS和DHL等私人公司，但是美国快递太贵了，从洛杉矶寄两盒月饼到波士顿，选联邦快递次日达，竟然要130美元。

财政部

美国财政部紧挨着白宫的东侧，负责总统安保的特勤局也归属财政部，这里应该是全球欠钱最多的部门了吧？世界各国源源不断地把最好的东西送到美国，财政部再源源不断地印好绿花花的纸钞送回去，这个账实在算得过硬。不过，在美国经常感叹美元耐花，一块两块的商品特别多，就算25美分和10美分、5美分、1美分的硬币都能花得出去。

司法部

可能这个世界很少有没打过官司的美国人吧，美国法律涉及方方面面的事情太多，民事、毒品、反垄断、原住民、青少年保护等等样样都少不了司法部的影子，美国没有检察院，司法部长就是联邦总检察长，司法部频频因为起诉6大银行操纵汇率罚款58亿美元啊，在瑞士抓国际足联高官等大案出镜。这座办公大楼以被枪杀的肯尼迪总统弟弟罗伯特·肯尼迪的名字命名。

国务院

911恐怖袭击事件之后，国务院成了美国的重点安保部门，拍这张照片的时候还被安保人员打断了一下，也不知道为啥。美国国务卿的地位比其他国家的外交部长高多了，在突发事件总统继任人选中，总统、副总统、众议院议长之后就是国务卿，国务卿经常以美国发言人的姿态在全世界各国亮相。

美联储

比尔·克林顿在任美国总统的8年是美国经济最景气的8年，那时候经常在电视新闻中看到艾伦·格林斯潘这个老人迈着轻快的步伐快速穿过记者包围走进美联储大楼，记者们则从他那极其难懂又复杂的只言片语中去分析美联储是否降息刺激经济等蛛丝马迹。

FBI总部

FBI不仅仅是联邦调查局的简称，还是勇气、忠诚和正直3个词缩写的首字母，以统治FBI近50年的老局长埃德加·胡佛命名的大楼诉说着过往的故事，这位老局长知道太多的秘密，以至于所有人都怕他，包括总统。另外一个著名的部门CIA，在弗吉尼亚州兰利的小树林里。

国家档案馆

美国的档案收集、分类、整理、保存、展示的本事天下第一，1934年建立的国家档案馆保存了海量的文件、影片、录音、照片、设计图等原始资料，一些当年的保密档案也会定期解密。档案馆镇馆之宝是构筑美国社会框架的几样文件：《独立宣言》《宪法》和《人权法案》跟电影《国家宝藏》的镜头中所呈现的一样，这些珍贵文件被厚厚的防弹玻璃密闭起来仔细保护，但历经沧桑，羊皮纸上的签名已经淡得看不清了。图中还有当年美国为了向法国购买路易斯安那大片地域发行的债券，那时候的2000美元比现在200万美元都值钱。

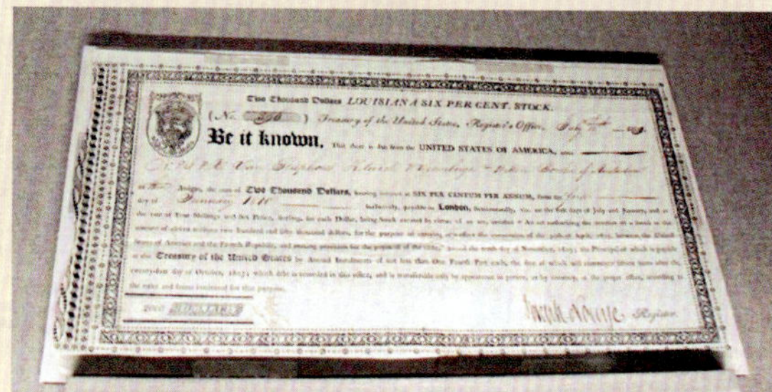

五角大楼

美国国防部办公大楼是世界上建筑面积最大的单体办公楼，将近3万人在里面常驻办公，虽然从五角大楼地铁站一出来就能看见这栋大楼，但是不允许拍照，只要拍照连路人都会提醒你，被警察抓到会直接要求删照片。现在已经很难找到2001年飞机撞击的痕迹了，但是如今回想起来，当年那一幕还是相当惨烈的。

乘坐从罗纳德·里根机场起飞的客机，如果你坐在Seat A，就能够从空中清晰得拍到完整的五角大楼空中俯瞰图，清晰到令人咋舌，降落的时候要靠着右边舷窗才能拍到哦。

国会大厦

别人的人民大会堂

这栋气势磅礴的建筑位于华盛顿25米高的国会山上，是整个城市的视觉中心点。国会大厦北翼是参议院，南翼是众议院，楼内建筑结构非常复杂，丹·布朗所著的《达芬奇的密码》火了之后写的第1本小说《失落的秘符》据此展开。国会山有专门的团队导游路线，可以进去报名，但是安检比较严格。入口在侧翼一个不太显眼的地方。

顶上竖着一座19.5英尺高的青铜女神雕像，据说现成了是华盛顿最引人注目的路标。

01

02

03

04

从1981年罗纳德·里根就职典礼开始，美国总统宣誓改到了国会山西侧的阶梯。各种国家级庆典和纪念仪式以及历史上比较著名的示威游行、民权演说都发生于此，内战期间联军主帅格兰特将军的雕像树立于此，面对着整个广场[04]以及一柱擎天的华盛顿纪念碑，宣誓时的庄严感也历史使命感自不必说。

仰望圆穹顶[05]，可见风格浪漫的天顶画，中央绘着《被神化的华盛顿》，这位开国总统的两边是胜利女神和自由女神，另外又画了13幅女神，代表立国时的13州，周围一圈精细的大理石雕塑，讲述哥伦比亚发现美洲和美国开疆拓土的历史，更令宣誓者们如针芒在背。

05

06

07

08

09

11

10

12

911之前，参众两院开会[06]，普通人是可以自由报名去旁听的，就像开人大咱们能去人民大会堂听人讨论提案，911之后就不允许旁听了。《纸牌屋》让中国人对美国参众两院的政治制度有了比较明确的了解，拉票这种事儿不容易，政治永远是利益妥协、平衡的产物。

雕塑大厅内有近百尊铜像和石雕像，都是美国社会各界精英人士。较早的有华盛顿、杰斐逊的雕塑，最新的有前总统里根[07]的，印第安大酋长、夏威夷国王[08]也是美国历史进程中的重要人物，还有宇航员以及盲人小女孩海伦·凯勒[09]等这些社会大众认同的人物。影迷们可以在电影《极限特工2》中发现中央大厅内景的镜头。

大厅四壁挂有反映北美独立战争历史和美国建国史的油画[11]，初中历史课本上见过的一幅就挂在上面。1781年约克城战役，英军统帅康华利率军向美法联军投降，美国统帅华盛顿和法军指挥官罗尚博受降，宣告北美独立战争结束。

国会图书馆
就当来寻找51区的秘密档案吧

这座世界最大的图书馆由杰斐逊大楼、亚当斯大楼和麦迪逊大楼组成，从1870年起，根据版权法，凡美国出版的书籍都必须向国会图书馆缴送2册。馆藏各类图书、资料超过1.4亿件。它是美国历史最悠久的联邦文化机构，已经成为世界最大的知识宝库，是美国知识与民主的重要象征，在美国文化中占有重要地位。

国会图书馆内珍藏了很多稀有的手稿和历史文物，不仅保存有凸显本杰明·富兰克林杰出才华的《穷理查年鉴》，还有1610年出版的伽利略的《星际使者》。贝多芬、莫扎特等著名作曲家的原始手稿、一些珍贵的乐器也都是图书馆的收藏品。从国会山到国会图书馆是有一条秘密通道的，但是怎么进去就不知道了，大厅只能隔着玻璃看看，需要凭借阅证才能入内，但是现在馆藏正在逐渐实行数字化。受电影影响，在这里买一份《独立宣言》复制品作纪念那是必须的。

杰斐逊大厦内的建筑风格秉承意大利文艺复兴时期的感觉，跟佛罗伦萨很像，装饰美轮美奂，支撑主阅览室的大理石柱象征文明生活与思索，走廊中还耸立着8位智慧女神的雕像，墙上的壁画也以希腊神话中象征智慧的雅典娜等女神作为主题。在我们能够看得到的地方，大理石、玻璃、浮雕、壁画都极具美感。

馆内还有很多看不到的地库，里面收纳从类似《古登堡圣经》这样的稀世珍宝到电影史前60年、14万份硝酸盐负片胶片，不一而足。

白宫

只可远观不可亵玩焉。
但我很幸运，嘿嘿

这是世界上最有名的办公楼，南草坪外围绕的大量游客翘首围观这栋看上去并不大但很有魔力的建筑。2013年有两部电影讲的故事都跟这里有关，里面对于白宫的内部陈设介绍的相当充分，911恐怖袭击之前白宫也是可以参观的，之后想进去参观就不太容易了，更多的人只能在安保严密的围栏外远眺。宾夕法尼亚大街上有一个专门的游客中心介绍白宫的历史和现状。

01

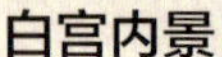

白宫内景

通常大家印象中的白宫主楼主要承担一些典礼、宴会等仪式功能[02]，是总统日常起居的地方[03]，办公的场所在西厢[04]。美国热播多年的电视连续剧《白宫西厢》讲的就是发生在这里的故事，里面的照片没让我拍。关于椭圆形办公室的内景，有大把电影介绍过，比如《X战警2》，而查宁·塔图姆主演的《惊天危机》对白宫的介绍更全面、详实、有趣，至于临时避难的安全地库，还真没见过呢。

要是出了什么事儿，这地儿可是热闹了，而且也被电影一遍遍的重现与复述，因为这地儿就是白宫新闻发布会现场[05]。

02

03

04

05

为美国总统提核密码箱的海军军官
平时不会离开总统超过100米
总统下达指令发射核弹的时候
核对生物特征和口令准备发射
就是电影**《白宫陷落》**中那个样子

06

07

08

“中国非威胁论”

2008年北京奥运会期间偶遇小布什两次，中美篮球赛那场基辛格国务博士坐在我右前方，老布什和小布什父子[07]坐在再往前1排，当时站在左前方的白宫特勤[08]正好挡住我的镜头下边缘，拍拍他请他往下一点，老哥还挺配合。另外一次是在NBC门口，正好见到小布什团队的所有人从里面出来，除了震惊车队规模之大，庆幸的是正好拍到了为美国总统提核密码箱的海军军官[06]。

09

“副总统的待遇”

从华盛顿纪念碑顺着宪法大街往白宫走，先是陆军第2步兵师的纪念碑[17]，金灿灿的还挺好看，接着就能看见艾森豪威尔大楼[09]，也是老的白宫行政楼，副总统和很多白宫工作人员其实都是在这里办公的，他们很多人的办公空间不仅是小，基本上可以堪称狭窄。

而白宫与老白宫这点距离，也导致了副总统与总统的权力天壤之别。不过，耐心点儿，从美利坚合众国开国伊始，约翰·亚当斯、托马斯·杰斐逊到因现任总统遭遇不测（约翰·肯尼迪）而上位的林登·约翰逊，再到老布什，副总统到总统的权势距离是如此之近。也难怪很多的好莱坞电影要把副总统描绘为惊天阴谋家的幕后策划者了。

10

11

12

13

14

17

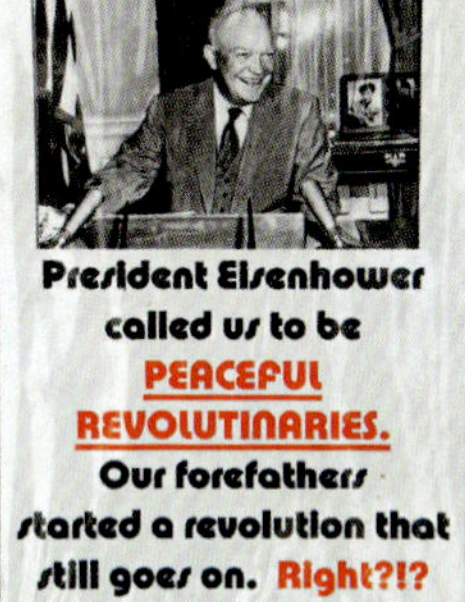

18

跟小布什总统和奥巴马总统都还有点缘分。在北京拍过空军一号[10]降落，在华盛顿刚离开白宫西厢没5分钟，总统乘坐的海军陆战队一号直升机[11]就降落了，小布什的总统车队[12]阵容蔚为壮观，所有的交通工具都是双备份。至于这个XX ONE（某某一号），其实只是一个代号，总统在哪里，哪里就是XX一号，用于辨识其他民用目标。总统出行时封路一点都不马虎，阵仗大极了。

国家领导人重点保护，建筑物也有价值，站在南草坪外就能看到白宫楼顶的特工[13]，禁飞区、特勤局、特区警察局等多层体系构筑了白宫的安防系统，进一次白宫还挺麻烦，安保至少要核对两遍，但是最近几年类似混进白宫party或者把无人机飞进去的事儿还是层出不穷。

15

还有就是抗议者，他们在白宫北门对面常年驻扎，各种各样，从反饥饿[15]到反战，什么都有。有位老妈妈[14]好像已经在这里坚持了几十年。还有人用艾森豪威尔总统的话[18]来作为自己的理论支撑，记者都已经懒得来报道了，他们吸引的更多的还是游客的目光。

记者长驻白宫主要是分析总统、副总统的出行报告，提刁钻古怪的问题，并且在新闻发布厅把新闻发言人逼得没有退路；还有长驻的新闻注入点[16]，随时切给电视直播画面，新闻媒体的强力监督直接造成了理查德·尼克松引咎辞职。

16

19

01

国家广场
看不完的博物馆

国家广场两侧的博物馆分别是：国家历史博物馆、国家航空航天博物馆、国家自然历史博物馆、国家艺术馆、国立美洲印第安人博物馆、赫希洪博物馆的雕塑园、弗利尔美术馆、赛克勒美术馆、国立非洲艺术馆等。这些博物馆与分布在华盛顿市内的其他博物馆一起构成了史密森尼学会数量庞大的历史文化和艺术品收藏体系，关键是还有更多的东西还停留在地库中并未展示。

国立美洲印第安人博物馆[01]的雕像中白人跟印第安人并肩站在一起[02]，但是百年来白人开拓西部的过程，基本上就是一部印第安人的血泪史，即便贤明如托马斯·杰斐逊，对待印第安人的态度亦不算友好。阿帕奇、科曼奇、支奴干这些骁勇善战的印第安部落还是给我们留下很深印象的。

国家艺术馆东馆的设计和建造奠定了设计者贝聿铭世界建筑大师的地位，这个博物馆收集了世界上最大的美国艺术品，同时还有一些来自世界各国的艺术品，比如著名超现实主义艺术家萨尔瓦多·达利的艺术作品[05]等等。当年作为一个重要的心灵港湾，馆方曾经特许杜鲁门总统每天早上在西馆开馆前自己进去看看画再回白宫开始工作。艺术馆内中厅摆放着意大利艺术家博洛尼亚的艺术品：一手持权杖，一手指天的信使之神赫尔墨斯雕像[03]。

03

02

04

05

06

07

08

09

工业与历史博物馆

托马斯·杰斐逊起草《独立宣言》用过的书桌、亚历山大·贝尔发明的世界上第1部电话机等，基本反映了美国近现代文明发展的历程，很多东西仔细看能有不小的收获，不是我们在一般书籍资料中能找到的历史。

乔治·华盛顿肯定是凡间肉身，但在美国，很多地方都已经被塑造成希腊神话中主神的样子[06]，很有宗教气氛。但也由此可见美国人民对“国父”多么崇拜。

早期的WNBA队服[07]和奖杯比较冷门，但鲨鱼嘴的老款别克轿车[08]很能勾起怀念，《星球大战》中的机器人C3PO[09]也已经是一代科幻迷心中经典的形象。

特别要提到美国军事史的二战部分，有对侵华日军屠杀中国军民的图片和文字资料介绍[10]，2015年是世界反法西斯战争胜利70周年，让我们铭记历史。

10

11

12

13

14

15

国家航空航天博物馆

史密森尼学会的航空航天馆有两个，城里的这个更加重视科普，城外的那个则有“发现号”航天飞机镇馆。本书后续专题会专门介绍美国赫赫有名的四大航天博物馆。

主厅[11]里的美西北航空公司的波音747机头。

阿波罗计划的登月舱和宇航员登月姿态[12]。

1975年美国阿波罗宇宙飞船与前苏联的联盟号宇宙飞船在外太空实现对接[13]，阿波罗早已退出历史舞台，联盟号还在奋战。

X-45A全尺寸模型[14]，真机在代顿收藏。

理查德·布兰森赞助的NASA国际空间挑战赛中获奖的飞船[15]。

美国国家自然历史博物馆

这里呈现的内容与纽约自然历史博物馆相似，里面陈列的古生物化石，现代动物标本都做得栩栩如生，宛若情景再现，不仅对孩子，对大人也是极有趣味的一次旅行，特别推荐里面的IMAX电影，如詹姆斯·卡梅隆为了筹备《阿凡达》拍摄的《深渊》，里面水母漂浮的场景跟电影《阿凡达》中神树飘洒的样子一模一样，3D效果奇佳。最神奇的是我曾经在这里偶遇熟人，再次感叹世界之小。

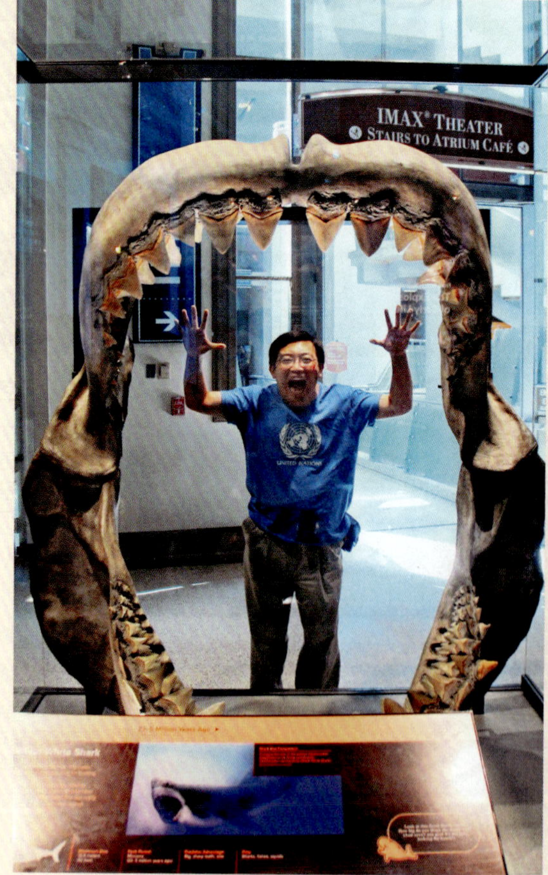

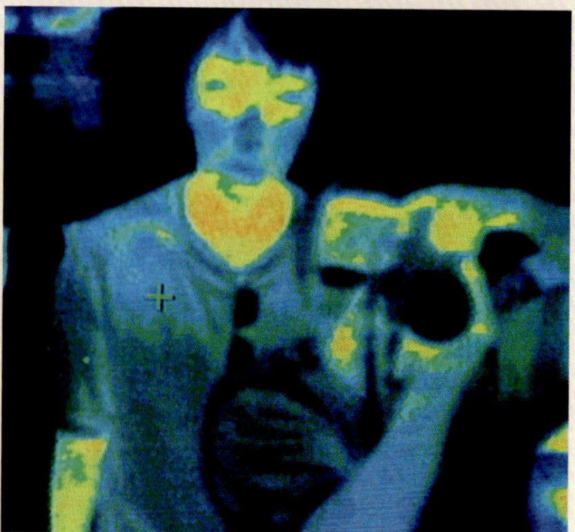

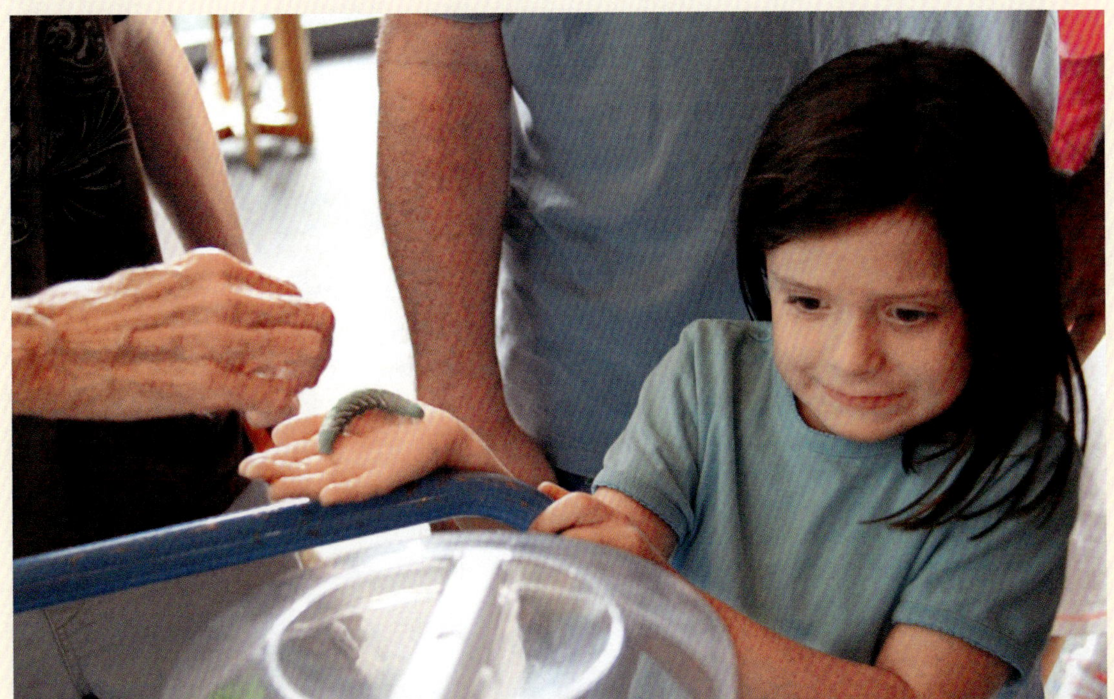

美国国家自然历史博物馆是孩子们学习自然科学知识的天堂。在美国无数次看到老师带着一群孩子对着真正的标本教学，感叹这样的教育肯定能吸引孩子求知的兴趣。

不光是孩子，女人对这个博物馆应该也有浓厚的兴趣，因为这里有宝石。自然历史博物馆的镇馆之宝就是这个重达45.52克拉的“希望钻石”，它是世界上现存的最大的一枚蓝色钻石。传说中这是一颗收到诅咒的钻石，钻石的拥有者会遭受灾难，最终他的最后一任主人把它献给了国家。除了这枚蓝色钻石之外，馆内还收藏展示其他蓝宝石、绿宝石等钻石珠宝，每一件展品都做工精美，看上去应该价值连城。

赫希洪博物馆

赫希洪博物馆是美国唯一以环形投影建筑设计的博物馆，11个高清晰度视频投影仪，将雕像、画作、胶片浑然结合，不过，我最感兴趣的是门口的雕像园。

新闻博物馆

从柏林墙的"墙"到水门的"门"

新闻博物馆[01]收藏有新闻事业诞生起世界上几乎所有的珍贵历史瞬间，在华盛顿博物馆几乎全部是免费的，这个馆是一个相当另类的存在。票价相当不便宜，里面珍藏着一些在我们看来几乎匪夷所思的东西，但是合理而又完整地记录这个时代的变迁，比如门厅的八块柏林墙和岗哨厅，还有民主党水门大厦总部的门等等。这里记录着新闻的历史，更是对新闻广播传播事业一线工作者的记录，实在是华盛顿不可错过的景点。

01

Let the people know the facts, and the country will be safe.

Abraham Lincoln, U.S. president

02

林肯总统的一段话被刻于墙壁[02]，杰斐逊总统的关于新闻自由的表述也有，"911事件"那面墙上刻着："有三种人在灾难来临时不会离开，警察、消防员和记者。"百多年来，一代代的新闻工作者拿自己十二分的工作热情甚至不惜牺牲生命换来读者对这个世界真相的认知。

馆内展示着世界上几百家媒体的当天报纸头条[04]，历届普利策获奖照片展以及近五百年来的世界媒体档案等等，向我们展示曾经和正在发生的历史。

大厅里有一个厅专门陈列着世贸双塔上其中一座倒塌后扭曲的通讯塔[06]，后面陈列着9月12日这天世界各国报纸的头版。只有一家报纸没有在头版头条报道911事件。这里还有戈尔巴乔夫签署苏联解体的签字笔，真不知道怎么搞来的。

小布什和戈尔[05]最后一波三折的2000年大选，我是头一次看到传说已久的蝴蝶型选票。

03

04

05

06

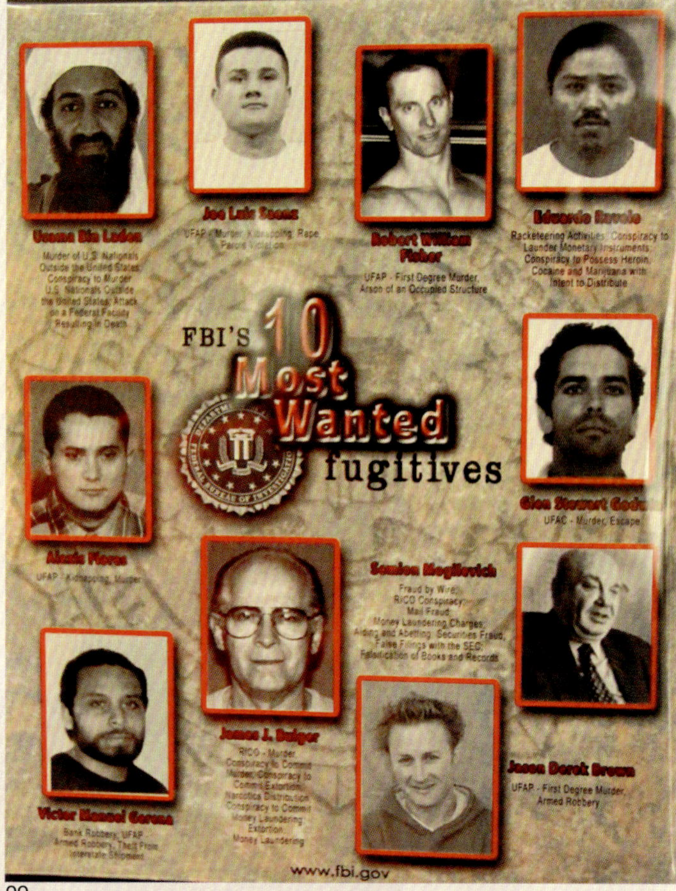

09

07

10

中国新闻事业殉职者

纪念因公殉职的记者占了一个很大的区域[07]，在这里发现了2001年因自驾飞机进行航拍而不幸遇难的凤凰卫视副台长赵群力[08]。这些年来很多战地记者在战火纷飞的战场不幸因公殉职，向这些工作在最前沿的新闻前辈致以崇高的敬意！

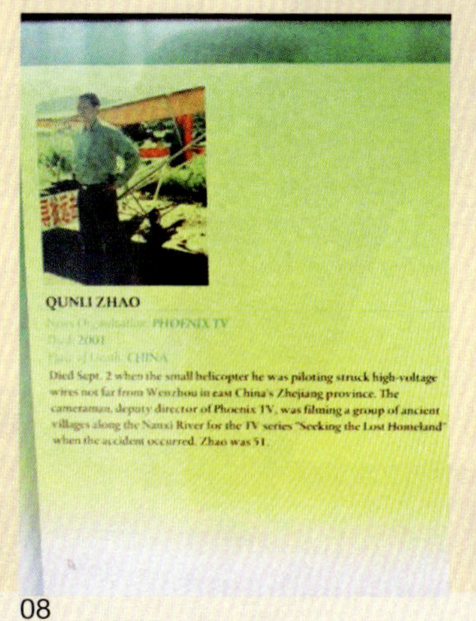

QUNLI ZHAO

News Organization: PHOENIX TV

Died: 2001

Place of Death: CHINA

Died Sept. 2 when the small helicopter he was piloting struck high-voltage wires not far from Wenzhou in east China's Zhejiang province. The cameraman, deputy director of Phoenix TV, was filming a group of ancient villages along the Nanxi River for the TV series "Seeking the Lost Homeland" when the accident occurred. Zhao was 51.

08

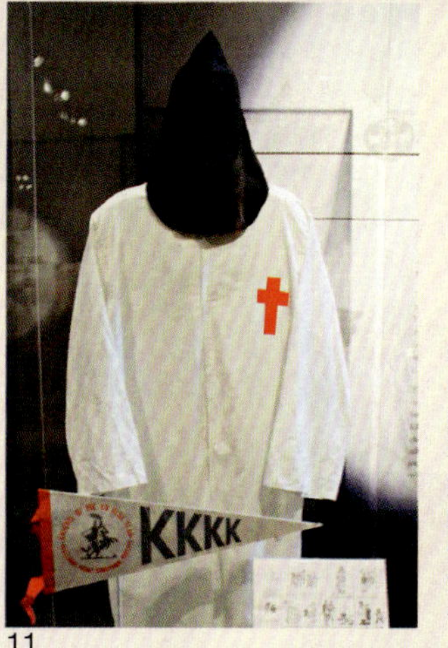

11

新闻博物馆馆内特展是犯罪新闻展示，其中有一个奇怪案例：一个人躲在打开一条缝的汽车后备箱中向过往行人开枪射击[10]。老美怪人怪事多，FBI的10大通缉对象[09]，排在首位的本·拉登已经挂了，执行海葬的航母我也看到过了；排在他后面的大佬们感觉多是白人和拉美裔，下手方法都是耸人听闻的，只是至于3K党旗[11]为啥是4个K就真心不懂了。

阿灵顿国家公墓

可以顺便了解一下罗伯特·李

近30万美国军人和为国捐躯的英雄人物埋葬在阿灵顿国家公墓，这块地本来是内战期间南军统帅罗伯特·李家的，山上的小房子[02]有他家的历史介绍，说起来李将军不仅是西点军校全优记录保持者，他的奶奶还是华盛顿总统终生难忘的初恋情人，而他的夫人是华盛顿总统养子的独生女，可能也是因为这个原因，虽然罗伯特·李带领南军打仗，他家的小房子还保存得很好。

01

无名烈士墓

阿灵顿国家公墓的山顶上有无名烈士公墓[01]，不管多热都有专门的卫兵穿着整齐的军装来回巡逻守护。公墓内的墓碑大多非常简洁，仅刻有名字或者军衔，一大片依山而建，场面肃穆壮观。

02

03

04

05

在阿灵顿公墓可以看到很多美国著名将士的墓地，如潘兴将军、马歇尔元帅、哈尔西上将、飞虎队陈纳德将军等等。按规定只有美国荣誉奖章获得者、为国殉职的现役军人、长期服役的退伍老兵、在联邦政府担任过高级职务的退伍老兵以及他们的遗孤，才有资格在此安葬，入葬阿灵顿公墓也是美国人的荣誉，只有英雄才配享埋葬在这个能够俯瞰整个华盛顿的地方。

除了少数几个人的墓地，绝大多数将军与士兵不分等级，紧密相连。在阿灵顿国家公墓你能见到真正的独立平等——所有的人生而平等、死而平等，墓碑下不仅安葬有死去的勇士还有他们的妻子和孩子，在这里参观请保持庄严肃穆，尤其是遇到葬礼切不可围观拍照[11]。

除了纪念战争的雕塑之外，阿灵顿公墓内还埋葬着2003年哥伦比亚号航天飞机失事遇难的七名宇航员[06]。尽管并非死于战争，但他们也算是国家英雄。

06

07

08

09

10

11

阿灵顿公墓里埋葬的都是美国的国家英雄，“纪念”自然也就是公墓的主题，无名英雄墓后面有圆形的剧场纪念碑[04,05]。除了阿灵顿，在林肯纪念堂与国会中间的区域，还有越战纪念碑[09]，这个纪念碑是由林微因的侄女林璎设计的。与越战纪念碑隔着一条长长的反思池的就是韩战纪念碑了。纪念碑的第一个部分是19个与真人相仿的美军雕像群[08]，每个人姿态和相貌都高度写实，绝望、紧张、疲惫的神态栩栩如生，让参观者感受到战争的紧张气氛。有一座描绘家人失去战友的雕塑[10]造型也非常写实，看过之后只能感叹：愿世界没有战争，永远和平。

ITED CEN
ADMINISTRATION
MICHAEL JORDAN
CHICAGO BULLS

芝加哥
CHICAGO
Illinois
USA

苏必利尔湖、密歇根湖、休伦湖、伊利湖和安大略湖构成了世界最大的淡水湖群。芝加哥坐落在密歇根湖西岸，沿着湖边一字展开的摩天大楼天际线不是海景胜似海景。夏天的时候，湖面上千帆飘过，蔚为壮观。

这些年，美国东西海岸走的多，中部城市来的还是少些，芝加哥就是一个让我颇有点流连的地方。一开始对这个城市的概念源自五一劳动节，《正大剧场》时光机穿越到1871年的大火，还有传说中的芝加哥黑帮，甚至美剧中的《The Playboy Club》，后来逐渐转变为这个城市多彩的建筑和雕塑艺术，以及迈克尔・乔丹的芝加哥公牛和奥巴马总统的龙兴之地。

还有许许多多的朋友曾经在芝加哥留下他/她们的身影，既有当年接待我的新丝路超模，又有常驻芝加哥的外交官、记者，还有旅人和在校的学生。不论是城市冬天冰封的生活还是一位小朋友悲凉的新年坎坷情路，人，使这个城市变得立体而又鲜活。

电影《变形金刚3》把这个城市凶狠得摧毁，但是居于城市中并不是美国人典型的生活，他们都住在距离Downtown开车1小时起的郊区，一片一片都是独栋木头房子，依据财富状况大体区隔，邻里收入水平差距不大，接受的教育情况也相对接近，成长之后也有相近的价值观和人生观。作为一个游客可能很难把自己的旅行与当地人的生活结合起来，尤其是对于一个中国人，当我们习惯了热闹之后，去过一个随便到哪开车都要半个小时的地方定居生活，每天除了工作就是照顾孩子，然后对着家里的麒麟卫视(现在有互联网盒子好多了)的生活，好山好水好无聊的感觉立马显现。如果你喜欢简单的生活，美国确实值得期待。

01

02

03

04

05

06

07

08

09

10

希尔斯大厦[02]高443米，地上108层，曾经是世界最高的办公楼，现在在103层的游客观光区新修了一个凸出的钢化玻璃匣子，有胆量的朋友可以进去一试，悬空的感觉非常酸爽。观光区在天气晴朗的时候可以看到五大湖区以及4个州的美丽景色。

作为美国第三大城市也是一个文化教育非常发达的城市，芝加哥很有自己的特点，虽然老房子于大火中被烧掉，现在市内的超过150年的楼基本没有，但是千禧公园、格兰特公园[06]还有让我扼腕错过的梦露地铁掀裙塑像也独具一格。行走于市中心，一眼就看见了

11

12

13

汉考克大楼[03]和《芝加哥论坛报》的大楼[05]。培养了沃尔特·迪斯尼和《公民凯恩》的导演奥森·威尔斯的城市绝对值得刮目相看。芝加哥工业博物馆[07]极具推荐价值，门口特展的哈利·波特飞天小轿车[08]和常驻的铁路机车车头都为你诉说这个国家强大的近现代工业历史。

下飞机之后的第1站，我和小伙伴就直扑美联航体育馆[11]（在中国被称为联合中心，实际上是以赞助商美联航命名的），来这里参拜"飞人"的雕像。以迈克尔·乔丹飞跃对手扣篮为原型创作的"飞人"就矗立在联合中心球馆前。这座高3.5米、重907斤的铜像已经成为芝加哥一大景点，有时候会有球迷套上红色的23号队服。

整个球馆周围特别开阔，方便开车远道而来的球迷。作为篮球迷心目中的地标，迈克尔·乔丹在这座球场创下了辉煌的职业生涯，巨大的告示牌时时提醒着人们这里是"公牛的老家"。

公牛王朝的时代正好是我们成长的时代，这位在篮球方面近似于神的球员给刚刚能看到世界篮球最高水平电视转播的中国人带来的震撼力和美的享受无以复加。迈克尔·乔丹在世界体育史上都能写下浓墨重彩的一笔，体育馆到市中心还是很有点距离的，但是到乔丹雕像前看一眼的人络绎不绝。

能坐2万多名观众的美联航体育馆不仅仅是芝加哥公牛的主场，还是NHL芝加哥黑鹰的主场，2015年刚刚击败坦帕闪电，继2010年、2013年之后再次捧起斯坦利杯。芝加哥黑鹰的雕塑让人感觉肃然起敬，虽然我们对冰球不是那么了解，但是这项速度与精准俱佳，还允许运动员单挑的体育项目在现场看感觉还是相当刺激的。

这个城市还有NFL的芝加哥熊和MLB的芝加哥小熊及芝加哥白袜，职业体育发展得红红火火。几个赛事看下来，个人感觉NBA球票最贵，第10排都能达到700美元，冰球相对便宜些，橄榄球和棒球是体育场，球票相对便宜，橄榄球票1层第10排可能也就是200美元的样子，不提前订票确实买不到好的位置，楼上便宜的位置，看场球跟站在3楼看蹲在地上的人下五子棋一样。

你可以
去哪儿，看什么

密歇根湖西岸
不是海景，胜似海景

苏必利尔湖、密歇根湖、休伦湖、伊利湖和安大略湖构成了世界最大的淡水湖群。芝加哥坐落在密歇根湖西岸，沿湖一字展开的摩天大楼天际线不是海景胜似海景。夏天的时候，湖面上千帆飘过，蔚为壮观。不过可别在冬天来，暴风雪后"风城"的刺骨寒风会展现出冰封王座的霸气景象，但不好玩。

海军码头是人们休闲娱乐的好地方，早晨起来看日出，傍晚看日落都有不同的风采。

来到芝加哥，听听爵士乐，感受一下音乐的魅力也是必须的，说不定周围某个年轻稚嫩的面孔就是来自芝加哥艺术学院、芝大、西北大学这样名校的孩子。拥有贝尔实验室、费米实验室的芝加哥有着各种可以自豪的身影，近百位诺贝尔奖得主曾经就读于此。

谢德水族馆

1929 年11 月9 日开馆的谢德水族馆是当时世界上最大的水族博物馆。水族馆共收集了7500 余号鱼类和其它水生动物标本，其中有鱼类标本4500号，约500个种属。210个展览水槽，根据气候地理，分别展出热带、温带、寒带的咸水鱼和淡水鱼。这座用玻璃筑成的蓄水量达41万公斤的水槽，完全用人工的方法建成，重现了加勒比海底珊瑚礁的一角，展示出鱼类生活的天然环境以及各种形状不同、参差交错的珊瑚礁石。

我为我订制的旅程

奥黑尔机场

因为我是航空迷

在美国坐过飞机的朋友可能会有感触，除了个别城市，绝大多数城市之间都不是直达的，需要在航空枢纽中转。波士顿、亚特兰大、旧金山、明尼阿波利斯、芝加哥、费城、丹佛都是很重要的航空枢纽，通过中转的调节合理调配运力，使航空公司最大化利用飞机，这样旅客也省了钱，可谓双赢。

美国机票票价弹性极大，淡旺季价格差别明显，充分体现了市场调节的效果。几位从拉斯维加斯飞圣迭戈搭乘同一班飞机，最便宜的9美元，最贵的230美元。买飞机票建议多看看Expedia、Price这种网站，说不定会有惊喜。在美国境内坐飞机就不要想什么服务的事儿了，空乘很多都是胖得勉强才能挤过过道的体型，即便是你买头等舱也就是稍微加宽的皮沙发而已，跟中国公司的商务舱相比差太远。即便是坐美国3大航空公司的飞机，从洛杉矶飞芝加哥4个小时的航程，经济舱也只发一包花生和一瓶可乐，想来个三明治都只能飞机上刷卡买。

01

02

03

04

05

06

07

08

这个维珍航空[01.06]，不管是外部涂装还是内部装饰是不是都有梦幻效果？

奥黑尔机场[02.03.04.05]既是美联航总部，也是美航的枢纽机场，内部装潢特别具有艺术气息，连恐龙骨架化石都来展示了。

美国机场比较多见的全身扫描技术[07]，但是经常会因为乘客身体大面积出汗产生识别问题。

天下乌鸦一般黑，美国的行李也是用扔的[08]，还是帆布箱好。为了不损伤搬运工身体，航班严格限制单件行李的重量，另外千万别以为行李托运了飞机就会等你，我们就遇上了飞机甩人提前关门起飞的情况。

穿越航空

穿越航空2011年已经卖给了美西南航空，这个以亚特兰大为枢纽机场的廉价航空经营世界最大的波音717（MD-95）机队，早在2009年就提供空中互联网服务了，飞加勒比海地区的航班也不错，廉价航空的准确称谓是低成本航空，千万别信那些专家的胡说。

捷蓝航空

捷蓝航空的创始人都出身于美西南航空，以波士顿、纽约、奥克兰等地为枢纽机场，这个航空公司拥有统一的A320机队和E190机队，整体服务水平在廉价航空中算是相当不错的，从波士顿飞华盛顿只要50美元，实在是物美价廉的第一选择。

美西南航空

美西南航空是世界廉价航空经营模式的鼻祖，在载客量上能排到世界前五，这家奇葩的公司能想到各种节省成本的方式，如用单一的波音737飞点对点的短途，让你硬生生把飞机坐出公交车的感觉来。美西南航空从1973年开始一直盈利，如果有幸乘坐，千万别忘记听著名热情段子手的空中广播哦！

环球包裹（UPS）

美国境内常见三大快递公司的飞机，奥运赞助商UPS是白黑涂装，送熊猫的联邦快递是白蓝涂装，拉F1赛车的DHL是红黄涂装，三家似乎也不分伯仲，在各种机场内都非常醒目，东海岸还能看到德国邮政、荷兰TNT等国外的货运航空。

德尔塔航空

虽然天合联盟积分比较难受，但是德尔塔与南航、东航一起还是构筑了方便南中国地区前往美国的途径。这家总部在亚特兰大的航空公司与美西北航空合并之后现在是全美第三大航空集团，不过在乘坐美国三大航飞美国国内航线的时候都可能乘坐一些很老很破的飞机哦。

联合航空

合并了大陆航空之后，美联航成为美国第二大航空公司，作为星空联盟的旗舰成员，与国航、全日空、汉莎、泰航、加航等公司可以实现里程相互积累，美联航是经营中美航线最多的美国公司，从北京、上海均有前往旧金山、洛杉矶、纽约等地的定期航班。

美航

经历了几次大的兼并整合之后，特别是拿下合众国航空之后，美国航空已经成为世界最大的航空公司，作为ONE WORLD的创始成员之一，与英航、卡航、日航、国泰等一起构筑了一个庞大的航空联盟，最新的涂装设计特别霸气。

公务机

商业社会的一个好处就是，只要你有需要，又能付得起钱，就有人来操办一切。商务舱坐得不舒服，航班时间限制太死都难不住公务机，图中上面三张展示的是拉斯维加斯三大赌博集团的专机，公务机不仅仅是平常大家印象中的小飞机哦，波音747SP这种大型宽体客机都有，5月世纪拳王大战，公务机把Vegas专机坪都停满了。

Atlanta 1996

亚特兰大
ATLANTA
Georgia
USA

1996年的亚特兰大奥运会给我留下的最深刻的印象，就是拳王阿里用颤抖的双手点燃主火炬。相比1992年巴塞罗那奥运会的射箭点火，亚特兰大这一幕更让世界为人性感到骄傲。

奥林匹克运动会百年纪念，

可口可乐和CNN，

马丁·路德·金和玛格丽特·米切尔……

曾经在环游美国的时候两次跟亚特兰大擦肩而过，一次是转机，另外一次在奥兰多玩得太high了，取消了亚特兰大的行程直飞拉斯维加斯，直到2011年才最终实现去一趟亚特兰大的心愿。

亚特兰大并不大，但是两天紧凑的行程下来觉得还是没有逛够。作为美国南北战争期间南军的战略要地，曾经几乎被摧毁的亚特兰大，因为顽强的生命力和新兴的产业现在已经发展成为美国的第9大都市，而且因为厚重的人文历史让你在徜徉的时候也会觉得充实。

亚特兰大国际机场是世界上规模最大、旅客吞吐量最多的机场，尤其是从美国北部往南飞，很多旅客会在这里中转。这个机场同时也是美国第3大航空公司Delta的转运枢纽，2014年排在它后面的分别是北京首都机场、伦敦希斯罗机场、东京羽田机场和芝加哥奥黑尔机场，迪拜国际机场还得加把劲。

01

02

03

亚特兰大为何会在与期盼百年奥运回家的雅典的竞争中获胜，很多人说是金钱战胜了体育精神。但亚特兰大奥运会绝对是一届成功的奥运会，尤其是对体育电视转播来说：“运动与情感（Motion & Emotion）”的制作理念至今仍是大型体育比赛国际公用信号制作的准则。

1996年的亚特兰大奥运会给我留下的最深刻的印象，就是拳王阿里用颤抖的双手点燃主火炬。相比1992年巴塞罗那奥运会的射箭点火，亚特兰大这一幕更让世界为人性感到骄傲。除此之外，还有“东方神鹿”王军霞获得田径金牌，和那个奇奇怪怪的吉祥物。同时，1996年也是中央电视台体育频道正式开播后的第一个世界大赛，马国力主任带着中国体育电视人给中国观众播出了一届非常美好的奥运会。

在很多人盼望百年奥运会回到希腊的时候，亚特兰大奥运会以出色的商业组织能力还给国际奥委会一个相当不错的成绩，尤其是对比2004年雅典奥运会前糟糕的组织工作，人们更加不会怀疑当年的选择。唯一一点意外是，亚特兰大市中心的奥林匹克百年纪念公园在奥运会期间曾经发生了爆炸事件，当时引起了不小的震动，现在公园已经是市中心人们休息的好场所，捐36美元就能把名字刻在地砖上作为纪念[02]。顾拜旦先生[04]泉下有知，如果能看到现代奥林匹克运动会已经发展到如此繁荣的局面，应该颇感欣慰吧。

20多年来，所有学过新闻的人都不能避开一个词：CNN。最早成名于海湾战争，6部卫星电话改变了世界电视传播的形态，在NBC/CBS/ABC的夹缝中靠玩命在世界电视新闻领域取得了骄人成绩，虽然现在由于网络的发展人们获取资讯的形式已经发生了巨大的改变，但是CNN曾经作出的贡献谁也不能否认。

CNN大楼[05]紧邻奥林匹克公园，有专门的开放行程供游客参观。老美也有很多人好奇这一口，就跟中国观众见

05

06

07

08

09

10

到活的白岩松也会惊呼一样。要说不满，那就是感觉CNN的服务生都有点傲娇，我英语不好仍能感受得到。她向大家提问："CNN是哪几个单词的缩写？"我毫不犹豫地回答："Chicken noodle network！"十多年前，当这个小姑娘还在上初中的时候，我们就已熟背中国电视新闻学上这个稍显幽默感的词条了。其实正确的答案是："Cable News Network，中文名叫'有线新闻网'。"

CNN这栋楼是一幢复合型建筑[06.07.08]，有电视台办公楼还有酒店，NBA的亚特兰大鹰队的主体育馆也在这里，中间吃、喝、玩捎带上买纪念品一应

11

12

13

14

俱全，门口的守卫看上去就是一个维持秩序的，进门之后就能看到各种CNN引以自豪的业绩展示：1986年的挑战者号爆炸，1988年的洛克比空难，1990年的海湾战争，2003年的伊拉克战争……[09]总之，有新闻事件的地方就有CNN。还有《拉里·金访谈》这样的深度节目，也被展示出来。

跟着open tour走走，看看世界一流电视台的内部状况。都2011年了，一个人守着4块屏幕还是让我觉得蛮新鲜的[13]。如果你想了解美国电视新闻制作的基本情况，又暂时没法去美国，那么请看HBO的电视剧《新闻编辑室》，里面虽有夸张的成分但是基本上还比较接近真实情况的。

卡特总统图书馆
退休后的生活

吉米·卡特离开白宫的时候，曾经被认为是政绩最差的美国总统之一，但他退休之后反倒越干越好，他访问古巴，改善美古关系，频频担任各种国际冲突的调解人，与夫人一起为无家可归者启动住房工程。离任美国总统中，现在，比尔·克林顿开始频繁扮演类似的角色了。难怪美国一直流行一个笑话：卡特总统不当总统时，比当总统时更称职。

曾经担任佐治亚州州长的卡特，是该州的标志性人物，他的总统图书馆[01.04]也建在了故乡首府亚特兰大。这位老哥的人缘还是相当不错的，前苏联领导人列昂尼德·勃列日涅夫、教皇保罗二世等都赠送过国礼，其中有几样看着特别精美。

其实，卡特总统在任期间还是积极推动了几件国际大事的，如把巴拿马运河管理权交还巴拿马，邀请穆罕默德·萨达特和梅纳赫姆·贝京在戴维营共同签署的以色列－埃及和平协议[03]，开启了中东和平进程，还有中美建交，样样都是大事儿，很多珍贵的图片展示着往昔丰富的历史。

01

02

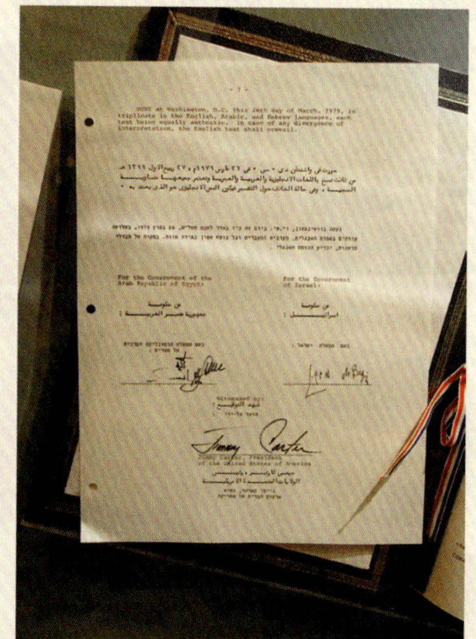
03

04

功勋卓著

卡特图书馆中陈列了很多奖章，其中包括1994年度联合国教科文组织设立的费利克斯·乌弗埃·博瓦尼和平奖、1998年度联合国人权奖、盖茨基金会的2006全球健康奖，甚至以《美国的道德危机》这部有声书，获得格莱美最佳诵读专辑奖，但是其中最耀眼的还是2002年获得的诺贝尔和平奖[11]，委员会宣布这是为了表彰他数十年来为寻求和平解决国际冲突所作出的不懈努力。

卡特做为曾经在美国海军服役过的老战士，当时服役的徽章[09]和卸任美国总统后美国公民最高荣誉勋章——总统自由勋章[10]，都体现了卡特的历史地位。

05

06

07

08

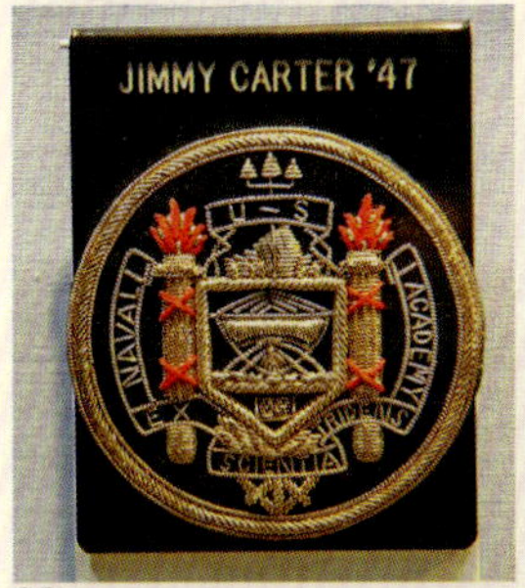

09

10

11

卡特的椭圆形办公室

卡特在自己的图书馆内复制了1976-1980年时期椭圆形办公室场景，很多摆件也都是当时的东西，四个复制的“坚毅之桌”其中之一就摆放于此。细细品味办公桌上的小摆件，玻璃的小驴子[06]是民主党的吉祥物，牛仔骑马像[07]是美国最好的铜制雕刻品之一，响尾蛇号[08]船模来源于美国独立战争期间的一艘名舰，每个总统任内都能微调办公室内的场景，形成自己的特色，但总体格局基本无差。

12

中国缘

吉米·卡特就任美国总统期间，中美签署了三个联合公报，美国正式与中国建交，承认一个中国、台湾是中国的一部分，断绝与台湾的外交关系。时任国务院副总理的邓小平在他任期内首次访美[12]，赠送卡特总统的礼物就是一只苏绣的猫[13]。大厅中还展示了中美建交30周年卡特访华时，湖北省赠送的一只编钟[14]，卡特真是中国人民的老朋友啊。这些记忆自然要保存的。

13

14

可口可乐总部

可别指望获得神奇药水的配方

可口可乐总部[01]在亚特兰大市中心，非常显眼。多年来可口可乐用饮料和品牌塑造起一个商业帝国，世界上基本上走到哪里都能见到它的身影，发明人彭伯顿先生的身影[04]立于总部大楼门口。他们还在奥林匹克公园中心区修建了一个可口可乐世界，你可以尽情感受可乐的缤纷天地，真是可乐爱好者的乐园。从2011年起，那个从来没有被泄过密的可乐配方已经从银行的大金库转移到了这里，从传说中的提神药水发展到现在成为一种社会的流行文化和基本上在全世界都能被信任的消夏饮料，可口可乐的神奇值得我们了解回味。

01

04

05

02

06

1886年至今，可口可乐通过提升品牌价值，已经形成了一个强大的文化现象，现在可口可乐也会根据赞助的活动发行特定产品包装，有一批专门收集各种限量可乐罐的人[02.03]。

可口可乐是奥运会的Top10赞助商，通过支持火炬接力[05]等活动来提升品牌价值。

在这里能尝到全世界所有品种的可乐产品[06]，喝了圈之后，我最喜欢秘鲁生产的印加可乐。

出口有个可乐灌装线[07]，每人可以领1瓶纪念装可乐，那就领吧。

03

07

偶遇：感恩节

感念上帝和印第安人

感恩节是美国人独创的合家欢节日，要知道1863年林肯才宣布感恩节为全国性节日，1941年美国国会正式确定每年11月的第四个星期四是感恩节，然后连同周末过一个小长假。这个节日起源于1620年“五月花”号带着一批英国清教徒移民美国之后受到印第安人的帮助，因感念上帝和印第安人而起，多年下来，总统赦免火鸡、梅西百货感恩节大游行已经成为例牌式的庆祝活动。

01

感恩节套餐

感恩节晚宴是美国人一年中非常重视的一餐，不单食品丰富，还讲究阖家团圆，有点像咱们的年夜饭。其乐融融的家庭气氛中，火鸡是感恩节必需的传统主菜。美国人做火鸡，通常是在火鸡肚子里塞上各种调料和拌好的食品，然后整只烤出，鸡皮烤成深棕色，由男主人用刀切成薄片分给大家，各人自己浇上卤汁，味道十分鲜美。传统食品还有南瓜饼、甜山芋、玉米、果酱等等。这一天绝大多数景点都不开门，幸运的是，我们在亚特兰大城中一家小店吃了一顿丰盛的感恩节晚餐，也算是不虚此行了。

02

03

黑色星期五

感恩节有一项重要的民俗就是黑色星期五的大采购，通常周四商店不开门或者只营业到中午12点就关门，然后晚上12点开门，人群如潮水一般涌入商场，开始购物季大抢购。一直买买买，买个通宵。这是一年中商家两个最疯狂的打折季之一，很多东西便宜到你见了都不好意思不买，有买多少省多少的感觉。看着杀红了眼一样需要剁手的美国人冲进商场疯狂洗劫，真以为那些商品都不要钱啊！这样的景象看着觉得还蛮刺激的。每年黑色星期五的大采购金额都是衡量商家一年销售指标的晴雨表。哦，这就是美国版“双11”。

马丁·路德·金纪念区
《我有一个梦想》

美国最著名的黑人民权运动领袖马丁·路德·金就出生在亚特兰大，他在林肯纪念堂前发表的演讲《我有一个梦想》是当年每个学习英语的学生必须掌握的文章，他是美国黑人争取公民权利史上最重要的人物之一，没有他，奥巴马这种非洲裔美国人就不可能当上总统，亚特兰大有一个区域专门对他进行纪念，这里就是美国黑人的精神圣地。

01

02

05

03

04

马丁·路德·金布道的小教堂[01.02]，其中一部分已经改建为介绍他的博物馆。

现在美国各州频繁爆发抗议白人警察对黑人暴力执法，种族问题的鸿沟仍然难以完全跨越1964年签署的《民权法案》，但这是一个复杂的社会问题，他的墓地前有长明之火，很多黑人都来凭吊这位不幸遇刺身亡的英雄[03.04]。大家都能像这些在金牧师墓前轻松合影的人就好了。

奥本街51号[05]，马丁·路德·金牧师的出生地。

玛格丽特·米切尔故居
《飘》

《飘》算不算美国的四大名著之一？玛格丽特·米切尔出生在亚特兰大，白瑞德与赫思嘉的爱情随风而去，经过克拉克·盖博与费雯·丽共同演绎堪称美国百大经典之一的电影又将我们带入那个时代，那个情景[01,02]。在这里更能情景再现般体会那个外形娇小但感情细腻的女作家。

01

从米切尔小时候的作文[03]看得出来，那时候她已经是才华横溢了，但就是这台打字机[04]，Underwood牌的，看过《纸牌屋》的笑了，敲打出的《飘》很早就风行美国海外，新中国成立之前中文版[05]已经广为流传。大屏幕费雯·丽[06]版本的赫思嘉这么多年再也无人能够超越，经典的形象深入人心。

02

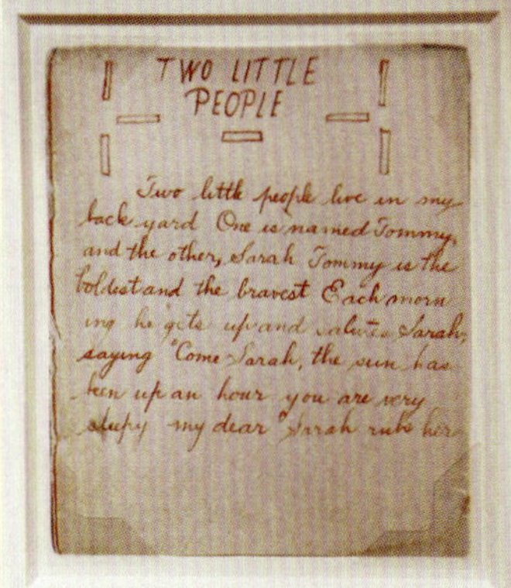
TWO LITTLE PEOPLE

Two little people live in my back yard. One is named Tommy, and the other, Sarah. Tommy is the tallest and the bravest. Each morning he gets up and salutes Sarah, saying "Come Sarah, the sun has been up an hour you are very sleepy my dear." Sarah rubs her

03

04

05

06

奥兰多
ORLANDO
Florida
USA

……哎呀妈呀！快跑！这不是霸王龙吗！刚到侏罗纪公园门口，就被电影中惟妙惟肖的霸王龙吸引了，赶紧来个纪念惊悚照！里面有翼龙悬吊飞车，带你从空中划过，小风吹过，瞬间就能扫去奥兰多的美国最南部夏天的湿热和粘连，惬意极了。

奥兰多绝对是能给游客带来惊喜的城市，我们原计划待3天，最后待了1周还没玩够，恋恋不舍地离开了。奥兰多的游玩项目主要有由四个主题乐园组成的迪斯尼休闲度假群、两个精彩世界组成的奥兰多环球影城主题乐园、两个水上乐园、两个市内Outlets、一个肯尼迪航天中心组成。关于玩这件事，奥兰多能给你带来最美好的回忆，更别提再往南就是激情澎湃的迈阿密和Keywest延伸到海的尽头了。

在奥兰多基本上不用想事儿，只要每天一个乐园慢慢玩过来就好。这个城市也替游客想得极为周到，从米老鼠、唐老鸭风格的迪斯尼度假酒店到每天才32美元的豪华Motel均有自己的精彩，酒店专门配置主题乐园的通勤班车，当然在地广人稀的佛罗里达州，租车是更好的选择。

至今仍很感念当时酒店旁边的一个中餐自助餐厅Bill Wong，经理黄老叔是当地的志愿协警，来吃饭的时候还给我们展示他的配枪。美国中餐自助价格大抵相同，中餐5到7美元，晚餐10到15美元，肉做得很甜，没办法，老美就喜欢吃菠萝咕噜肉，但比起乐园里那些奇奇怪怪的三明治汉堡，中餐还是不知道好吃多少倍。黄老叔每天吃饭的时候陪我们聊中国大陆的人文风情，讲奥兰多围猎、海钓的故事，还派店员去银行换来无数25美分硬币，让我如愿收集了两套州币纪念品。出门在外，投缘万岁。

01

作为一个成年人，首先扑到冒险岛，事后发现顺序完全错误，应该先玩相对适合幼龄儿童[02]的迪斯尼乐园，上来就强刺激后来就感觉有点不新鲜了。

环球影城在奥兰多有两个游乐场，一个就叫奥兰多环球影城，与洛杉矶、新加坡、大阪近似；另外一个是更刺激一些的冒险岛，紧挨着。所以你可以买两天票，也可以买单天票，多种组合可以满足不同需求，建议游客提前研究找到一个最适合的方式。

一天一个乐园会叫人玩得筋疲力尽，虽然美国是有点地广人稀，但游乐园里人还是很多的，资本主义社会花钱好办事，大约两倍价格就能买到Frontline Pass，然后堂而皇之地排在队伍最前面。如果是头回玩，时间又比较紧迫的话，这个投资是相当划算的。要不然一天光是排队就要花掉大把时间，玩完出来再看到路口挂着这么多不同方向的红绿灯[03]，绝对让人傻眼。

02

03

04

05

06

07

因为总想摆脱地心引力，人类就总是发明很多变态的东西让自己逆天而行。美国最刺激的过山车主题乐园叫六旗魔术山，里面全是惊险刺激的过山车。不用进园就能看到空中飞驰的过山车，还能听到传来的阵阵尖叫……这玩意儿在洛杉矶。冒险岛里面最刺激的就是这个HULK过山车[04.05]，不知道迪斯尼收购了漫威影业之后这些IP衍生品的版权到期后会不会改名。我觉得最吓人的部分就是逐渐升到最高处的前奏[06]，这个时候基本上在考虑恐惧究竟会是什么样子，就像阿尔弗雷德·希区柯克说过的：“最恐怖的事情不是定时炸弹爆炸，而是等待定时炸弹爆炸。”度过了漫长的前奏，经历了飞速俯冲、七扭八扭的逆天旋转和拐弯甚至过水之后，脑子里基本上就空留“为什么要花钱犯贱受罪”的懊恼和平安着陆后的舒爽与安心了。最后安抚一下自己的小心脏，“还好，这也算一种自我突破了”。接着又赶紧奔赴下一个过山车。

08

这只是“冒险之旅”的开始，带小孩儿去玩，建议先别上这么刺激的项目。

奥兰多的夏天跟5月的新马泰很像，潮湿且闷热。在威力十足的空调房里吹一晚，一出来相机镜头马上就会蒙上一层水雾，最恼人的是，甚至连镜头与机身的空腔内都有水雾渗透进去，可见湿度之高。

好在玩的项目还算过瘾，冒险岛内好几个游乐项目都是刷过水帘破浪前行，如果有雨衣带着最好，否则就要被浇成落汤鸡，不过在这样的天气下倒也凉快。

总的来说，冒险岛相对都是些感官刺激的项目。奥兰多环球影城偏向于电影主题馆的开发，如《怪物史莱克》《蜘蛛侠》《终结者》等系列，很多项目也会根据观众喜爱程度和版权到期的情况进行调整，一些新的项目颇受观众好评，如《变形金刚》等。

这几年好莱坞6大电影公司之间相互重组整合也比较多，尤其

09

10

11

12

13

这个《**黑衣人**》Frank 侦探[12]……
它就这么呆呆地看着我，
我真是好不习惯这家伙不是话痨的样子

黑衣人主题游乐馆[13]里面的轨道车游览和
射击游戏能让你体验一把《**黑衣人**》系列电影里
猎捕外星人的感觉

14

15

16

17

斯皮尔伯格经典电影《大白鲨》中的造型

18

是迪斯尼陆续将星球大战、漫威的超级英雄陆续收归囊中，这些项目恐怕也将逐渐从环球影城中撤出，说不定今后钢铁侠和天行者会和米老鼠、唐老鸭一起在迪斯尼公园站街迎客呢。

主题乐园内的娱乐项目，主要包括带有游戏性质的主题馆，结合声光电和震动效果的4D电影，电影后台技术揭秘演出以及花街巡游项目等。在一个示范恐怖片特效道具的秀里，从观众中请出了一位英语不算熟练的中国女士参与表演，老外的娱乐精神迅速感染了大家，整个过程风趣幽默，中国女士也很大方，瞬间成了大家的开心果[15.16.17]。你看图中的虎头鬼，大家一开始都以为是道具机器人，没想到是真人扮演，突然间把中国女士吓得花枝乱颤，场面非常好笑。我之前在洛杉矶也

19

21

20

22

23

看过一次，上次是一个白人女孩被吓成这个样子，现场乐成一团，大家都无比开心。

作为影迷，果断买一把黑超特工使用的超小型碳化原子反应枪，射击时还有跟电影中一模一样的声音特效呢。

纪念品商店内的很多T恤设计特别抓人眼球，而这个蜘蛛侠内裤[19]，换上之时脱下外裤的那一瞬间，绝对闪瞎旁人的眼睛。

公园内是各种游乐设施，外面是环球影城的步行街，吃喝玩乐一站式解决。傍晚回去的路上，精心打造的布景是世界上最大的Hard Rock音乐主题餐厅[20]。

我特别喜欢根据电影《阿甘正传》发展起来的阿甘主题餐厅，连锁店在时代广场、旧金山渔人码头等地都有，店内陈设从电影道具中转化而来，连点菜的菜单都是阿甘的乒乓球拍[21]，“RUN FORREST RUN”[22]的口号相信能勾起很多阿甘迷的回忆吧，小伙计看上去都是打工的大学生，每桌结账之后全体鼓掌欢送，感觉热情澎湃。开电影主题类的餐厅经常遇到的一个问题是忽略了餐厅最重要的功能还是来吃饭，要不电影新鲜劲一过就没人光顾了，阿甘餐厅这个问题解决的还比较好，各种做法的虾都比较美味可口，经典的大虾套餐[23]可以让人怀念一下阿甘的好友布巴。

不管到哪儿先要把肚子搞饱，最期待的“哈利·波特的魔法世界”还没开始呢。迪斯尼乐园也还没去呢。

你可以
去哪儿，看什么

哈利·波特魔法世界

寻找曾经的十年

2010年在冒险岛开幕的“哈利·波特的魔法世界”是整个主题公园最大的亮点，现在这里还在不断扩展，除了霍格沃茨魔法学校[07]、霍格莫德村[01.02]之外，2014年新开了对角巷，把电影中让人印象深刻的布景陈设活生生得呈现在游客面前。

01

02

03

04

05

早期的“哈利·波特的魔法世界”主要由3个游乐项目构成，一个初级过山车，一个比较刺激的双道过山车，还有学校内带有虚拟镜像的过山车。对于电影的狂热爱好者来说，游乐项目还是其次，最重要的是魔法世界里处处都是惊喜，随便一个不起眼的道具都能唤起共鸣，不论是黄油啤酒[03]、空中吊着的猪笼草[04]还是有动态效果的号角日报，都能寻找到十年来哈利·波特乃至我们自己成长的经历。

在魔法世界开业期间
《哈利·波特和火焰杯》的
演员们参加了现场表演，又被我偶遇了

06

HILFIGER

08

09

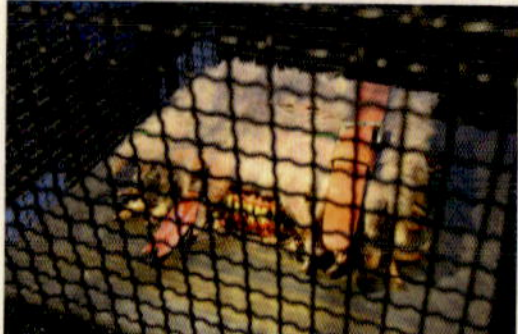
10

11

12

13

14

进门，右侧，9¾站台内有开往魔法世界的火车[05]，可以和列车员合影，而且总能得到笑容，现在国王十字火车站原景也被搬到了园中。

在霍格莫德村穿行，两边都是纪念品商店和咖啡什么的，自然来自原著，比如说三把扫帚咖啡、猫头鹰邮局、奥利凡德手杖店[09]，各种电影里的道具[10]都能够买回来细细把玩，我收了一根老校长邓布利多的接骨木魔杖，小孩子是乐园的主人，买魔杖前要给你讲一段神奇的故事[11]。还有一个大木桶卖黄油啤酒[03]，味道好极了，更像是一种蛋花饮料。过山车是必须的，不过“龙的挑战”[08,12]究竟有多刺激呢？我是亲眼看见有人尿裤子了。

白天和黑夜的霍格沃兹魔法学校不能错过啊[13,14]，分院帽可以告诉你，你被分到了葛莱芬多还是斯莱特林，这时候经常有人尖叫，而大厅中的油画，真的如电影中一般，画框内的人能动并且能跟你说话[15]，好玩。

EPCOT
现在的世界和未来的世界

这是迪斯尼四个乐园中的其中一个，园中分为“未来世界”和“世界之窗”，在右图标志性的大圆球里坐着小火车扶摇直上，可以尽观西方历史。比起环球来，迪斯尼的运动强度明显下降，即便是攻略中说得神乎其神的“飞越加州”相比之下亦略显平淡，感觉不过是清风拂面——当然，不总绷着感觉也挺好。

01

北欧妹子

就像是一个小的世博会，每个馆都有本国人穿着民族服饰接待服务，金发碧眼高大健硕的北欧妹子给挪威馆增色不少，果断收一件国宝品牌HH运动外套以示支持。

02

03

04

05

《海底总动员》

经历了上海世博再到美国排队，感觉人多都是浮云，相对轻松的园内有不少家长带着孩子遛达，园内的项目也相对家庭化一些，即便是凶狠如《海底总动员》里面的大鲨鱼，那也是为了让孩子们照相照的开心，在可以自己设计程序的馆内依样画葫芦做了一个，翻来覆去蛮好玩，比较适合初中年龄段的孩子。

06

07

手工艺品

之前在上海世博会也是，我对手工制作的工艺品最感兴趣，大机器时代凡是能用设备生产的都不算什么，真正由手工生产的欧洲古老玻璃工艺和墨西哥木制精灵动物实在值得称赞。

08

中国馆

沿着湖边修建的16个国家主题馆中，中国最好认，仿天坛的建筑红瓦紫顶在没心没肺的蓝天白云下分外耀眼，这里主要展示一段在中国拍摄的环幕影片，竟然用了诗仙李白作为串场人物。作为一个异乡人，面对画面中突然出现的上海延安路高架外滩下匝道灯火辉煌的画面，当时很有一点感动。

09

12

摩洛哥馆

旅游这种事情是非常随心的一件事情，千万不可偏听偏信别人的意见和攻略，安全建议除外。地处北非的摩洛哥馆就有不一样的异域风情，一定不能错过。

10

日本馆

即便深入美国漫画的根据地，日本动漫一点也不逊色，除了源氏盔立[10]及和服少女[11]之外，《蒙奇奇》、《七龙珠》这些日本符号都是特别鲜活的文化烙印。

11

13

《阿拉丁的故事》

白天把整个未来世界游览一遍，偶遇这本《阿拉丁的故事》，神灯吹起的时候许个心愿：真希望晚上能看到湖边璀璨的烟火表演。

好莱坞影城
可以召唤的回忆

好莱坞影城是我个人觉得迪斯尼4个乐园中最有意思的一个，魔法王国和动物王国更适合带着小孩去玩。随着这两年迪斯尼在影业上收购众多如皮克斯、漫威等公司，迪斯尼逐渐重振雄风，越来越多的电影主题产品和乐园游乐项目开始丰富这片本来稍显单薄的区域。

迪斯尼影城乐园[01]中最吓人的就是恐怖电梯，垂直坠落的瞬间让人感觉失重一般，心脏病患者还是远离为妙。

除了游乐设施，影城乐园中最吸引人的就是电影场景的再现。如果你是印第安纳·琼斯系列电影的影迷那你一定不能错过“印第安纳·琼斯秀”。整个秀以《夺宝奇兵》开场的经典镜头开始[02]，后面也大量复刻了电影场景，让你过足戏瘾。《星球大战》系列电影是影迷心目中的又一个高峰，尽管没有原幕重现，但米老鼠、唐老鸭还有果菲狗客串演绎是不是让你提前期待起2015年底才会上映的《星球大战·原力觉醒》[03]？

没有星球大战，《歌舞青春》也能让你热血沸腾。看到《歌舞青春》的现场巡演[09]，是不是感觉自己也年轻了许多？

《赛车总动员》两部电影虽然是皮克斯制作的所有动画电影中票房最差的，但是衍生品玩具却卖得风生水起。这也难怪，你看《赛车总动员》中的经典场景重现[08]，加上现场飞车特技秀的火爆场面，真正展现了美国的汽车文化[10]。如此阵仗，又怎么会不勾起人们的购买欲望。

在迪斯尼园区内游玩会有素质很高的感觉，婴儿车都排得整整齐齐[06]。这位班车[04]司机老爷爷[05]年纪已经很大了，但是工作起来依然非常敬业。

再来看看迪斯尼员工的工作空间[07]，摆满了各种动画形象的模型。很多经典的形象就是在这样的工作间里面创造出来的。顺便说一下，工作间里的手办玩具实在是太吸引人了。说到周边产品，价格可不便宜。迪斯尼的标志，也是灰姑娘电影里的城堡模型[11]可要卖8000元。

01
03
04
05
06
02

07

08

09

10

11

肯尼迪航天中心
人人都有过一个太空梦

我曾经也有一个梦想，小时候爸爸回家告诉我美国宇航局[01]面向全世界小朋友征集一个太空实验计划，那时候为这件事兴奋了好几个月。对于太空的梦想，从中国五线小城到美国佛罗里达州卡纳维拉尔角，从遥不可及突然变得真实，面对浩瀚的宇宙，人类可以很渺小，但是征程可以很伟大。

现在民用航天特别是商业太空探索正在迅猛发展，类似SpaceX这样的公司开始崭露头角。

2011年所有的航天飞机均已退役，目前肯尼迪航天中心的发射任务并不多，航天飞机的发射架[06]孤零零的英雄无用武之地，估计过几年就会像旁边的火箭展览场[07]一样寂静了吧。

01

02

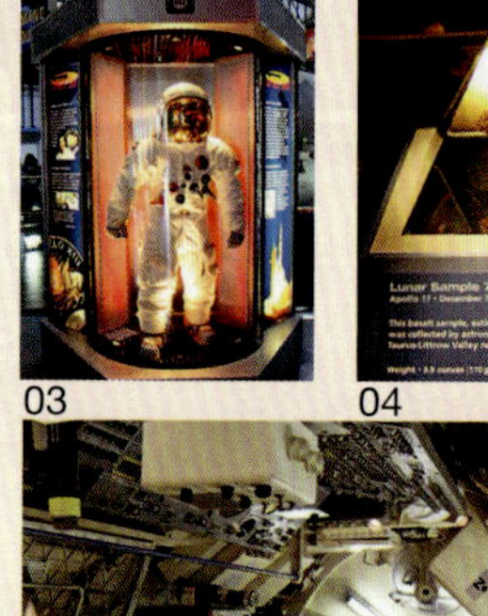

03

04

05

06

07

08

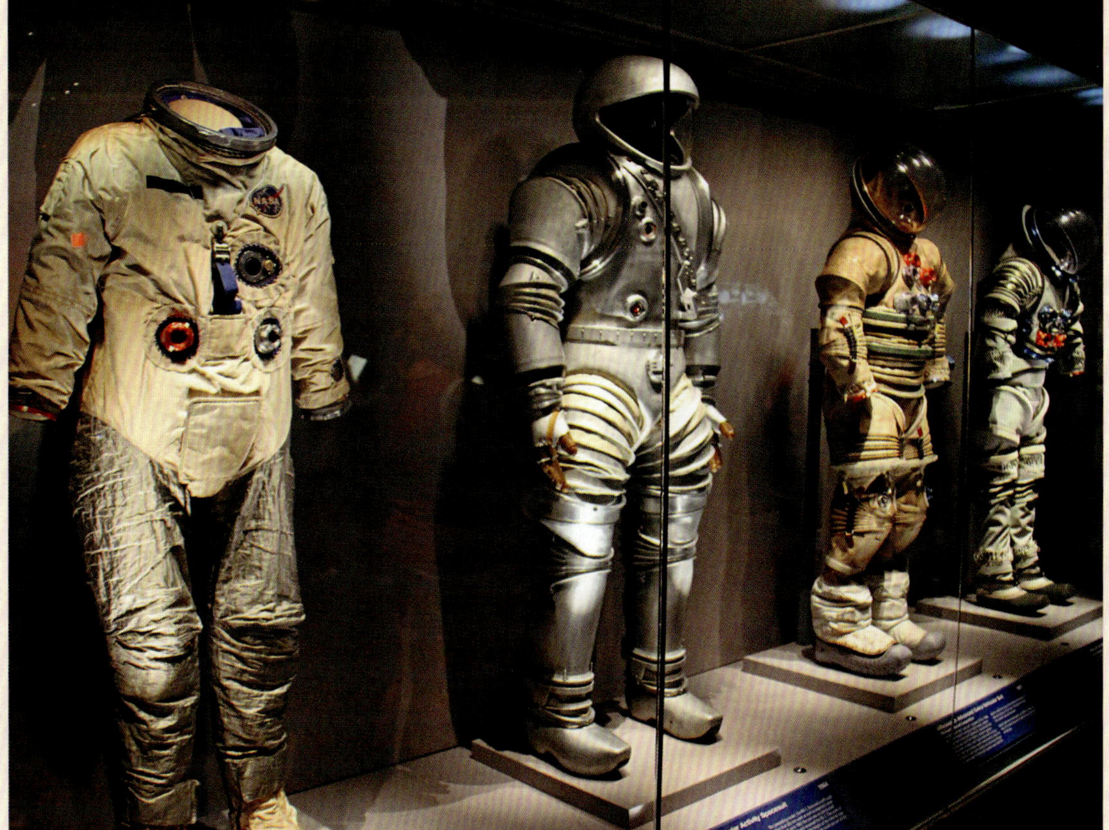

09

10

航天装备

不过这里能看到很多少见的航天装备，比如《生活》杂志2000mm的镜头[02]，金色面罩的太空行走宇航服[03]，月球土壤标本[04]，太空舱内部[05]，训练用的航天飞机[08]，以及历年水星计划、双子星计划的宇航服[09]，还能看到当年阿波罗登月计划的地面指挥室，里面有想象不到的时代落差。

APOLLO 15
SCOTT WORDEN IRWIN
40 TON
APOLLO 14
Shepard
Roosa
Mitchell
EX LUNA, SCIENTIA
UNITED STATES
COMMAND MODULE
SERVICE MODULE
3

整个肯尼迪航天中心的参观是由巴士将游客运到3个不同的区域接力式参观，相互之间距离很远，巨大厂房内陈列着阿波罗登月计划的相关设备和历次任务徽章，土星五号运载火箭，登月舱、返回舱……一转眼，距离人类首次登上月球已经快60年了，但是我们好像距离月球反而越来越远了，什么时候人类能重新踏上月球呢？

我为我订制的旅程

NASA
再见，航天飞机

2011年7月8日，亚特兰蒂斯号航天飞机执行第135次也是最后一次升空任务[07]，人类探索太空的一个标志就此谢幕。美国前前后后造了6架航天飞机，企业号从来没有升空过，挑战者号和哥伦比亚号摔了，剩下3架经过几大博物馆激烈争夺现在均已名花有主分藏各地：奋进号在加州科技中心[01.02.03]，这里是航天飞机的制造地；发现号放到华盛顿郊区史密森尼博物馆，置换出企业号搁到纽约的无畏号航母上；亚特兰蒂斯号留给了发射基地肯尼迪航天中心。这些在世界载人航天史上立下卓越功勋的英雄都成为了人们缅怀太空探索激情岁月的精神寄托。

01

02

03

04

05

退役之后的航天飞机被NASA专门改装的波音747飞机背到所在城市，再通过陆路运抵最后的博物馆，所到之处万人空巷，有专门的纪录片[04]记录了飞机被送往加州科技中心的过程。

加州科技中心内展示了135次任务执行情况[05]，从1981年哥伦比亚首飞到2011年亚特兰蒂斯号收尾，记忆中的人类航天历史就是被航天飞机串起来的。对太空的探索，记录了这个时代人类对命运的追求。在这里我想纪念一下克里斯塔·麦考利夫。这位杰出的中学教师1986年因挑战者号失事[06]而牺牲，正是因为有这么多英雄，人类才能真正走进太空。

06

07

08

09

设备

不论是航天飞机还是宇宙飞船的舱门，涉及到外太空的装备没有一样看着简单的，它们都是经过大量成熟科技武装之后结合太空实际操作的情况专门设计的。所谓科技感，就是这样锻造出来的。

一共执行过135次太空任务的航天飞机，给哈勃望远镜换过镜片，给国际空间站送过设备，它应该是人类最成功的航天设备，机背货仓和宇航员用的小物件都大有玄机。

10

11

12

推进器

航天飞机虽然已经很大很大，但是面对浩瀚的宇宙，实在是太小太小，巨大的推进器，只能在轨道上实现姿态调整，入轨和脱轨回地球那几下好使，跟《星球大战》里面那些航天器一样实现灵活地外太空飞行，我们的差距还很远。

13

轮胎

真想不到，航天飞机的轮胎竟然也是米其林制造的。在南加州大学对门的加州科技中心，孩子们可以摸到真正的航天飞机轮胎，跟747客机轮胎相仿。

14

热灼痕迹

宇宙飞船返回舱清楚显示返回大气层过程中与空气剧烈摩擦产生的痕迹，2003年哥伦比亚号事故调查委员会把将近50万块碎片找到并重新拼起来分析得出的结论：外部燃料箱表面脱落的一块泡沫材料击中左翼前缘的增强碳－碳隔热板材料。当返回时与大气层产生剧烈摩擦使温度高达1400℃的空气在冲入左机翼后熔化了内部结构，致使机翼和机体熔化，导致了悲剧的发生。

15

16

奋进号

奋进号[15,16]是一艘“拼装航天飞机”，它以发现号和亚特兰蒂斯号建造合约中一批同时生产的备用结构零件为基础，额外组装出来，以便取代挑战者号意外坠毁后留下来的任务空缺。

传奇

我在奥兰多宇航员纪念中心看到一位神奇的Truly先生，他只执行过挑战者号和哥伦比亚号两次任务，后来这两架航天飞机都失事了。下图中的墓碑是为1986年挑战者号升空爆炸遇难的七位宇航员树立的，愿英雄安息。

17

18

企业号

企业号[17,18]停放于纽约第42街西口无畏号航母的甲板帐篷内，身后的整流罩是专门为航天飞机被客机托运的时候减小空气阻力设计的。

西雅图
SEATTLE
Washington State
USA

西雅图音乐体验馆的建筑师是设计了西班牙毕尔巴鄂古根海姆博物馆的弗兰克·盖瑞，门口挂满了吉他的大柱子蔚为壮观，馆内有美国流行音乐历史的展示，互动房间可以玩吉他、鼓、键盘甚至DJ台。

一别西雅图，居然已有5年之久。幸亏美国城市跟中国不一样，“不会一年一小变，三年一大变，五年完全变”。这个具有别样风情的城市静静矗立在美国西北角，旖旎于太平洋的一隅，保持着自己清淡的风格。1993年，汤姆·汉克斯和梅格·瑞恩的电影《西雅图夜未眠》更让这座城市深深打动了很多羞涩的内心。

作为从北京直达美国大陆最近的城市，国航海航等相继开通了西雅图的航线。这也让中国人对西雅图的接触越来越多，2013年那部《北京遇上西雅图》就在这样的大背景下成功收获好口碑和高票房。但是，电影中的美丽景色，基本都是来自临近的加拿大城市温哥华，和西雅图没啥关系。不知道电影为什么没有选择在西雅图拍摄，这里的景色完全不输邻邦。

西雅图作为美国第15大都会区，中心城区非常小的一块，更多的人们都与山、海、森林、湖水共生在一起，过着和谐、自然、惬意的生活，所以这里还能是音乐的胜地，并且寄居着嬉皮士不羁的灵魂。作为一个海港城市，西雅图位于普吉特湾与华盛顿湖之间，城市的天际线随着岸边的地势起伏形成一道绝美的风景。西雅图是一个海港城市，海港中不仅有上千人的大型游轮，还有星星点点的帆船，富裕的波音工程师和微软员工经常周末拖着船下海游玩。从地理位置来说，西雅图虽然比纽约、波士顿纬度更高，但是当地很少见到像美国东部地区冬天一样的漫天暴风雪，最冷的时候也就两三周的样子，但是全年的天气阴雨天比较多，可能是我运气比较好，两次去都赶上明媚无瑕的阳光，这实在是颇为罕见。

01

西雅图拥有很多让我们非常熟悉的名字，比如波音、微软、亚马逊、星巴克等，也算是美国大企业的聚集地。近几年微软的联合创始人之一保罗·艾伦的NFL球队西雅图海鹰战绩就非常好，2014年力捧超级碗，在2015年的超级碗决赛中惜败新英格兰爱国者。作为美国的国球，西雅图人很是为这支球队自豪，微软就请海鹰当家球星之一跑锋马肖恩·林奇签了游戏代言，波音还专门把海鹰LOGO喷到自家一架747-8货机上翱翔蓝天。除了橄榄球，MLB的西雅图水手队也是这个城市的骄傲。相比保罗·艾伦的球队，星巴克老板霍华德·舒尔茨曾经拥有的NBA的西雅图超音速队就逊色很多了。1995-1996赛季，加里·佩顿和肖恩·坎普也曾带领超音速杀进总决赛，尽管折戟于迈克尔·乔丹的芝加哥公

02

03

04

05

06

07

08

牛蹄下，但“手套”和“雨人”的名字也广为中国球迷所知。如今，超音速早就搬迁到俄克拉荷马，改名雷霆，拥有两大巨星凯文·杜兰特和拉塞尔·韦斯特布鲁克，2011-2012赛季再次杀进总决赛，但此时西雅图已离开NBA版图多年。

为1962年世博会所修建的太空针塔[04]已经是西雅图一个地标性建筑物，塔高184米，本来是密西西比河以西的美国最高建筑，但是现在即便是在周围也都有很多更高的建筑。在西雅图城内随便走走，猪形状的大车[07]、说不上来是地铁还是大巴的简陋公交系统[05]、外星人及各种脑洞大开的涂鸦都是这个城市的特色之一，平时街上见不到几个人，周末突然

09
10
11
12

全部涌向奥林匹克雕塑公园，也把这个城市衬托得格外有趣。城市中有很多值得一去的景点，比如由雷姆·库哈斯设计的中央图书馆等，而李小龙墓位于华盛顿湖畔的湖景墓地。

西雅图的文化比较多元，可以去看为世博会修的单轨铁路Monorail的起点[11]，也可以去Nike专卖店买西雅图海鹰的手套[12]。市中心脱衣舞俱乐部[10]体现出真诚的拥军热情：持军人证周日免费入场。这叫既有古老典雅的一面，又有丰富多彩的一面，人们既能在这里喝到最原始的星巴克咖啡，世界上第一家星巴克店[09]用的还是双尾美人鱼的老LOGO，又能品尝到一些别具风味的独有咖啡品牌。2009年尝试了市中心很有趣的青年旅社：绿乌龟。世界各国青年男女混居一个房间，大家白天四处游玩，晚上回来或者大厅聊天打游戏交流心得，或者周末去酒吧夜店继续high……不同国家，不同种族，不同性别其乐融融，加拿大情侣的深夜私语、约旦小伙的半夜尖叫、美国大妞的奇怪睡姿、韩国姑娘的相对封闭、德国壮汉的健美胸肌，所有人都对中国的美食和网络的好奇。一个小房间就是一个多彩的世界，虽然一个人不能代表一个国家，但至少是一个颇为新奇的体验，条件是差点，好玩却没得说！

13

14

15

16

17

保罗·艾伦为纪念美国已逝摇滚音乐家杰米·亨德利克斯而投资兴建的西雅图音乐体验馆因为造型奇特大家褒贬不一。西雅图音乐体验馆的建筑师是设计了西班牙毕尔巴鄂古根海姆博物馆的弗兰克·盖瑞，门口挂满了吉他的大柱子蔚为壮观，馆内有美国流行音乐历史的展示，互动房间可以玩吉他、鼓、键盘甚至DJ台。整个音乐体验馆耗资超过1亿美元，让你不由得感叹有钱任性真好—当然，这份任性还是非常有意义的。

太平洋科技中心更加适合小孩们，1962年世博会上很多对未来航空和太空科技的猜想现在已经变成了现实，门口摆放着《地球停转之日》中外星人的造型[16]，他头顶旁边的厕所指示牌[17]更有趣，除了地球人指示标志外，外星人估计也不会走错厕所。

18

市中心的派克市场里面有新鲜的海产以及很多中国少见的水果售卖，门口还有人表演缩骨术卖艺[20]，热热闹闹赶集的感觉真不错。西雅图地处海滨，海产丰富，很多来西雅图接机的人在机场看过阿拉斯加航空的垂尾有巨大爱斯基摩人头像彩绘的漂亮飞机，回头在网上狂晒大快朵颐的木桶海鲜，没什么烹饪技巧无所谓，关键是食材种类繁多、量大、质好、新鲜。

两次西雅图之行都有朋友驾车2个半小时从温哥华赶来相聚，这个车程在北美大陆相当轻松，美加《双城记》最紧密的结合点就是高速202出口的Outlet。华盛顿州还专门对温哥华所在的加拿大不列颠哥伦比亚省居民免消费税，来大包小包采购的都是加拿大人，好不热闹，Coach店门前总要排队，有了这条政策，很多人就懒得跑到临近的俄勒冈州购物了，不过买太多回加拿大还要被海关抽税的，但是现在加币汇率跌得厉害，加拿大人已经不来大采购了。

高纬度的西雅图意外形成了终年温和多雨的温带海洋性气候[23]，成因主要是西部高大的奥林匹克山脉阻挡了来自北极圈的寒冷空气再加上北太平洋暖流共同作用，瑞尼尔国家公园和奥林匹克国家公园都是野外踏青的好去处，从巍峨的雪山到茂密的针叶林，再到红绿相间的山间灌木丛和地表植被，一路四季的风景格外秀美。

19

20

21

22

23

24

25

你可以
去哪儿，看什么

雷德蒙德
用了这么多年的 windows

华盛顿湖东北岸再往东一点，微软总部园区由120多栋小楼组成，都是三层左右，不像是主控世界电脑操作系统的高科技公司，更像是一个大学。在很多IT界著名的X形大楼里，程序员都有自己的小房间，而且大楼的形状就是为了保证他们的房间拥有足够的阳光。整个园区地形复杂估计员工都绕不明白，但楼宇之间穿行比较舒服，不过进楼入房间需要门卡才行，科技企业对保密工作还是很重视的，很多区域设有监控设备，这在美国比较少见。

一个高科技企业的发展与知识人才储备密不可分，华盛顿湖西岸的华盛顿大学是世界排名前列的高等学府，拥有12位诺贝尔奖获得者之外，在音乐、诗歌、新闻、历史方面都很有建树，计算机专业更是声名显赫，培养了很多著名公司总裁和创始人，比尔·盖茨的父母都是校友。

01

02

03

04

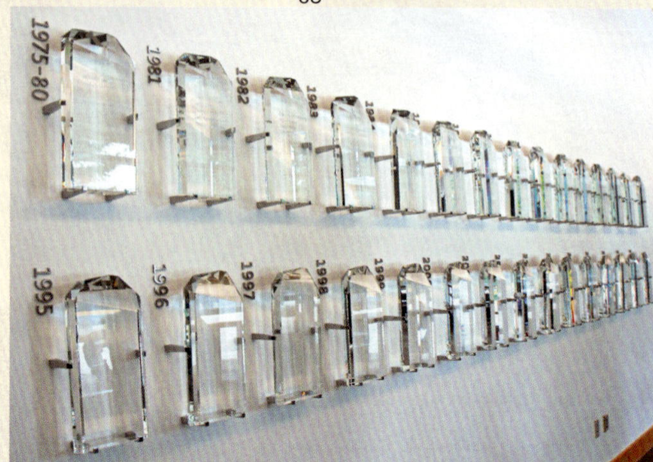

05

06

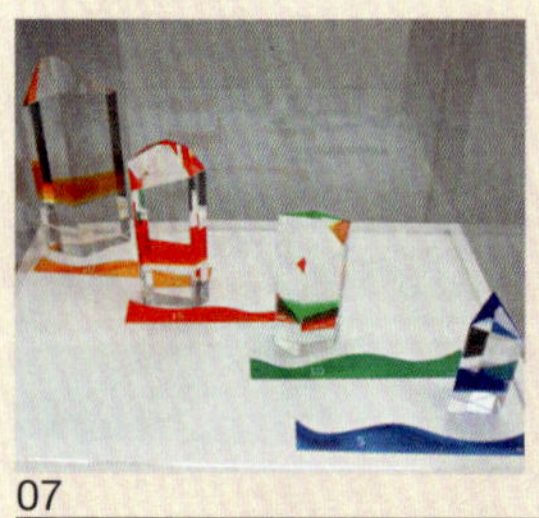
07

08

09

知道人家的入职时间就知道人家的收入和公司地位了，也没什么秘密啊，看在职老员工纪念墙就明白了。这面墙不如说是一个富豪榜，1975年入职的比尔·盖茨（William的昵称就是Bill）和1980年入职的史蒂夫·鲍尔默自不必说，值得一提的是，退休后的鲍尔默在2014-2015赛季成为洛杉矶快船的新老板了。

4个不同颜色的奖杯[07]，分别代表了在微软服役时间的长短，蓝色、绿色、红色、橙色对应5、10、15、20年。这是一家1975年成立的公司，从业20年以上的员工因为股票期权获得了巨大收益，基本上都已经成为千万级以上的富豪。

偶然看到一位XBOX工程师的办公间[06]，应该是一位技术大牛，除了有效力20年纪念奖杯，还有4个美国专利局颁发的专利证书！

感叹2009年去的时候微软手机操作系统在做里程碑庆祝[08]，一转眼微软的手机操作系统已然不见踪影，连摩托罗拉手机也被联想收购了。

微软园区内有给员工提供的免费餐饮，门口还有粉红猪迎宾[09]。

波音工厂

世界，从这里起飞

西雅图往北48公里的埃弗雷特是波音工厂所在地和最重要的飞机交付中心之一。波音的总装厂房曾经是世界最大的单体建筑，每一个蓝色的大门拉开都是进出飞机的。守在游客中心的露台上就能看到一架架新飞机腾空而起，他们被交付给各家航空公司投入运营。

波音有一个名为Future of Flight的接待中心，不仅有博物馆、商店，展卖波音出品的飞机和各种特色纪念品，还有主题游览，组团带游客进入厂区内参观，但是严格禁止拍照、录像。

01

02

03

04

05

06

07

08

波音747LCF货机[05.06.07]改装之后能从机身中后段打开运载787机头和机尾两段。

一排已经组装好的787客机[08]。

在西雅图可以自己租小飞机航拍波音工厂区，停机坪上还没有喷漆交付的国航747-8型飞机清晰可见[09]。

波音787客机是波音面向新世纪的主力产品，与777和737的铝制机身不同，787的机身由碳纤维复合材料制成[10]，所以机体呈现出白色，生产方式也略有不同，采用脉冲生产线组装。

09

10

BOEING
Home of the 777
Philippine Airlines
777
Proudly Building the Third

波音777-300ER是目前世界上经济性最好的双发宽体大型越洋客机之一，也是目前波音的拳头产品，厂房内，贴着绿色保护膜的大飞机在移动生产线上进行组装。

空军一号

曾经的最高科技，现在的古老玩意儿

有波音在，西雅图被称为“航空城”一点都不为过，塔科马机场与Downtown之间有一座航空博物馆，这里也有很多新鲜货，比如四架波音707总统专机其中之一[01]就在这里，打开门欢迎参观。1972年周恩来总理在机场迎接尼克松，美国总统乘坐的就是这型飞机，里面很多陈设如复印机[02]、航电设备[03]、打字机[04]、电话[05]的古老现在看来已难以想象，但是40多年前这可是好玩意儿啊！

01

02

03

04

05

06

07

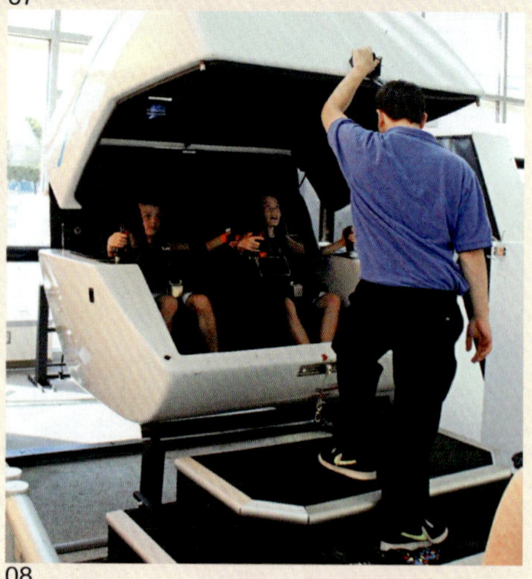

08

背靠波音公司，这里的航空收藏还是相当丰富的，停机坪内除了空军一号、协和客机之外，还有世界第一架波音747客机[06]，珍宝客机当年绝对是天之骄子的旗舰机型，即便现在美丽的大鹅头还是让人感觉惊艳。

早期的3D图片观看设备很有趣[07]，小孩们还可以体验模拟飞机驾驶[08]，火星探测器模型[12]人人爱看。

博物馆内展示了很多二战时期的功勋战机，比如这架野马式战斗机[10]，有击落20.5架德国战斗机的辉煌战绩，以及在中国人民反法西斯战争中立下赫赫战功的飞虎队战机[11]，它曾经击落六架日寇飞机。馆内有非常罕见的M-21，背负D-21高空高速无人侦察机[13]。被铁丝网隔开的一个停机坪内则有很多波音防卫与航天集团样貌奇特的试验机型，有美军E-3预警机[14]，机头为F22战斗机形状，专门用来测试电传操作和雷达的波音757改装机[15]。

向15岁自己第一个飞机模型的真机膜拜一下，楼上还挂着当年争取航天飞机落户的广告。

09

10

11

12

13

14

15

旧金山
SAN FRANCISCO
State Of California
USA

近代桥梁工程的奇迹之一金门大桥也已静静地守护金门海峡近80年之久，红色的塔身是旧金山最为知名的标志，多个电影以飞机穿越、凭空挪动等方式将大桥呈现在世人面前。不过据说大桥通车那天曾经有太多的人一起走上大桥，造成了桥面产生变形。

如果一定要让我在美国选择一个最爱的城市，2010年之前是波士顿，之后就是旧金山了，港人叫三藩市，属于亚热带地中海气候，冬暖夏凉，阳光充足，不仅中国人喜欢，美国人也很喜欢。如果不从事政治、金融和能源行业，旧金山有各种便利的条件成为美国最宜居的城市之一。

这里华人众多，中餐做得炉火纯青，北美大陆绝对排名前5（温哥华、纽约、旧金山、拉斯维加斯、洛杉矶），根据2015版的米其林餐厅指南，整个旧金山评上星的米其林餐厅有40家，其中4家为值得专门安排一趟旅行的三星级餐厅，占了全美的1/4。因为日本、韩国侨民众多，即便不是米其林，街边不起眼的小店也能做出堪比日韩本土风味的地道美食。

整个旧金山地区非常庞大，湾区、奥克兰、伯克利、硅谷都是中国人传统意义上的旧金山，这里有很多世界著名大学如斯坦福大学、加州大学伯克利分校，还有很多顶级科技企业如苹果、谷歌、Facebook等荟萃于此，同时城市内融合着充满智慧又包含艺术气息的有趣公司如卢卡斯的天行者工作室、皮克斯工作室等，创意无限，动画片《超能敢死队》的街景就以旧金山为原型创作的。

体育迷肯定熟悉旧金山，2015年重返总决赛并最终夺冠的金州勇士和“萌神”库里，MLB的老牌劲旅旧金山巨人，NFL的旧金山49人和奥克兰突袭者。体育活动之余，还能去纳帕喝一杯红酒，或者去优胜美地国家公园亲近自然……生活在旧金山，生活于此，夫复何求？

01

02

03

04

05

曾经在深夜前往加州奥克兰的山头，唱着《恋曲 1990》KTV，俯瞰旧金山的美丽夜景，更加推荐晨曦时分登高远眺全城，除了美洲银行中心巧克力大厦和环美金字塔中心，维多利亚式的房屋，希腊罗马式的艺术宫，雕龙镂凤的唐人街，地道的日本五重塔，北滩漆着意大利彩画的餐馆让整个城市都有了丰富的色彩。2011 年在旧金山最西边的海滩悬崖上的Cliff House餐厅过了一个简单的生日，伴着落日吃软壳蟹的感觉美妙至极啊。

06

07

08

尽管华人众多，生活在旧金山也不是没有问题，比如夏天的寒冷。

2009年8月夏天最热的时候去旧金山，差点冻毙在海上游轮中，因为特殊的地形，整个湾区经常笼罩着一层平流雾[05.06]，出现雾锁金门大桥的奇妙景象，以至于每次都需要提醒旅伴旧金山夏天很冷，经常要穿着夹克才能稍微抵挡寒风的侵袭。不过，走出湾区感觉就好多了，越往硅谷那个方向走阳光越明媚，温度越高。另外一个令人心悸的问题是旧金山处于地震带上，1906年、1989年的大地震都曾造成许多伤亡。不过现在旧金山的建筑都已经具有专门应对地震的方案。

巴洛克圆顶风格的市政厅[07]自1915年起就巍峨地屹立于市中心。近代桥梁工程的奇迹之一金门大桥也已静静地守护金门海峡近80年之久，红色的塔身是旧金山最为知名的标志，多个电影以飞机穿越、凭空挪动等方式将大桥呈现在世人面前。不过据说大桥通车那天曾经有太多的人一起走上大桥，造成了桥面产生变形。1957年之

09

10

11

12

13

14

15

前金门大桥是世界上最长的悬索桥，两个桥墩在1964年之前拥有世界上悬索桥中最长的跨度的纪录。现在每天还有10万辆通勤车要走过这座美国境内少见的收费桥梁。

到旧金山，绝对不能错过坐市里的有轨电车[13,14]，虽然没能遇到《勇闯夺命岛》里那位亢奋的黑人大叔，但是乘坐“铛铛车”从市中心到海边，两条线都在起伏不定的道路上穿行而过，既体会了湾区城市的色彩，又能在站点前后享受飞上飞下的快感，便捷地抵达渔人码头，说不

16

定还能偶遇红衣游行[15]或者一个人就是一个乐队的卖艺小哥[11]。

多年来，念念不忘的就是在旧金山寒风凛冽的夏日街头，蹲在海鲜小铺门口，吃着热气腾腾的螃蟹喝着伏特加取暖的感觉[09]，海鲜的新鲜和肥美被白灼的热汤完美呈现于味蕾之上。厨师会帮你把螃蟹壳敲碎，配上柠檬汁解腻。如果再前行几步，到不远处的Bondin[10]来一份正宗旧金山风味面包汤，配合手工制作的造型各异的烘焙面包，生活的美好远超文字描述。

旧金山一直是美国近现代嬉皮士文化和自由主义、进步主义的中心之一，垮掉的一代、嬉皮士革命、同性恋，还有雅皮士在城内都能觅得踪影。旧金山是开放的，它甚至早于加州高法裁决之前就于2004年就准许了同性婚姻，卡斯楚区更是全球最著名的同性恋聚集部落，很多人家毫不避讳地挂起象征同性恋的彩虹旗[12]，与加州州旗和美国国旗交相呼应。

这里也不缺乏阳刚之气，路上的摩托骑士更是威风凛凛，宝马车队[16]阵容庞大呼啸而过，兼容并包的城市精神应验了美国作家威廉·萨洛扬所说："如果你还活着，旧金山不会使你厌倦；如果你已经死了，旧金山会让你起死回生。"

你可以
去哪儿，看什么

恶魔岛
放轻松，“鸟人”、“机关枪”已经不在了

因为电影《勇闯夺命岛》而让这个独立小岛上的联邦重犯监狱大放异彩，渔人码头每天都有游轮可以上岛参观，游客众多船票不提前预订经常full。岛上尼古拉斯·凯奇和肖恩·康纳利精彩飚戏的场景历历在目，或许你还能记得《X战警3》中万磁王攻打这里的画面。

01

02

03

04

海豹
渔人码头是一个餐饮休闲娱乐的好去处，电影《谍中谍3》里特工伊森·亨特在这里远远注视着妻子过上了平静的生活。其中39码头有一大片海豹团聚在此，懒懒地晒着太阳，完全不被人类的生活所干扰，这样人与自然和谐相处的景象，看着就觉得轻松惬意。

九曲花街

开车去旧金山艺术宫途经伦巴底街，这里有一段全美国最弯曲的街道，当年为了让坡度极陡看着好像垂直向下的街道更安全些，专门设置了八个急弯，花丛掩映下施展自己的驾驶技术盘旋而下很有意思，湾区有不少这种坡度甚至达到30度的街道，道路两边的车辆停放都有讲究，不过如果你正好在上行路口“STOP”标志处停车，那么车头会完全朝天，以至于看不到横向过往车辆，这事儿想想也挺奇葩的。

你想，要是从这里扔一个酒瓶子下去，滚到下面那会是啥样子，或者搬起一辆车往下来个多米诺骨牌，那场面可震撼了，旧金山地震应该也很多，大家停车还是停的很有水平的啊。

07

05

06

08

唐人街

旧金山的唐人街是除了曼哈顿唐人街之外北美最大的华人聚居区之一。当街的店铺挂着烧腊，音像店里卖着大陆和香港电视连续剧DVD，街上的行人讲着粤语，门口是“天下为公”的匾额，路边基本没有英文标识……这里的风格跟美国完全不一样，要不是远远望见巧克力大厦还以为瞬间闪回到广东小镇。美国是一个移民国家，任何来到这里的民族都经过融合，但是唐人街的存在，证明华人就生生活出了自己独立的小天地。

纳帕

想喝最好的年份酒，长期会员先

纳帕河在旧金山入海，沿河北上便是纳帕河谷、纳帕县、纳帕市，面积不大，却是是美国有名的葡萄酒产地，得天独厚的地理环境使这里具备生产好酒的要素：土壤、水质、气候、葡萄品种、酿制技术等均为上品。这里遍布着大大小小的酒庄，很多酒庄允许客人参观葡萄酒的生产酿制。好的葡萄酒在美国供不应求，最好的年份酒仅有长期会员才能够享用。

01

02

03

04

05

06

严格说来纳帕河谷并没有河谷，是丘陵地带，像平原又有起伏，像山地却没山巅，但北加州的温暖早春与和煦夏日为葡萄生长创造了近乎完美的气候条件。这为纳帕闻名世界奠定了基石。

出产著名品牌 Opus One 的酒庄[01]以及等待收获的葡萄，酿制美酒的葡萄都是经过多年杂交选育出来的优质品种，如赤霞珠、品丽珠等，这便构成了一整个酿制工艺的第1步，也是最基础的一步。

现代化的酿制设备[02]则是优等葡萄酒的品质保障，用于葡萄酒氧化和储存的橡木桶酒窖[03]，木质自然散发出清香深浸酒中。及等从酒窖出来，倒腾到市场，别说钱多人傻的中国葡萄酒市场，即使是美国，1997年的啸鹰会员价都能卖到上万美元一瓶[04]，还不见得能买到。

酒庄的马和马车[05,06]也成了纳帕的葡萄酒文化的一部分，主要是供各类客户旅行、参观之用，而即使是作为图片背景的小木屋，也是从东部新罕布什尔州——美国主要硬木材产地，森林中的小木屋是独特风景——原样拉回来重建的。

米其林三星餐厅

还可以打高尔夫，还可以住别墅度假

吃的，喝的，住的，玩的，埋单的，高尔夫的……

旧金山一共4家米其林三星餐厅，两家在纳帕，我去的这家叫做The Restaurant At Meadowood，一般就叫Meadowood了，另外一家叫做French Laundry。

Meadowood更像是一个度假山庄，内有高尔夫球场和度假别墅，主营新式美菜，尤其是创意菜。虽然现在美国大部分餐厅都能使用Yelp查询大众点评，再用Opentable定位，但米其林三星必须很早预订。

01

02

03

04

05

06

07

08

09

10

11

12

13

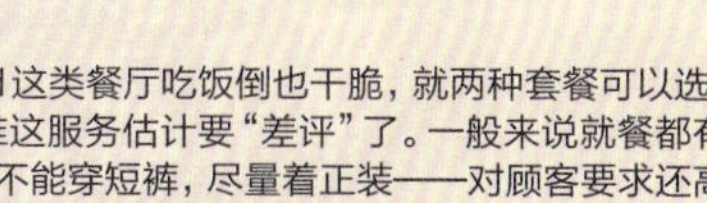

与中国国内的餐厅不同，来Meadowood这类餐厅吃饭倒也干脆，就两种套餐可以选，区别就是价格和上菜的道数，按国内标准这服务估计要"差评"了。一般来说就餐都有服装方面的要求，必须穿带领子的上衣，不能穿短裤，尽量着正装——对顾客要求还高啊。但能怎么办呢，2015版全美一共也就12家米其林三星，每家都是环境、服务、菜品俱优。

知道顾客是中国人之后，大厨专门制做了一盘状似熊猫的开胃小点[09]，这待遇，贴心。

回到主题——吃，在米其林三星餐厅吃一顿西餐耗时4小时以上极为正常，这顿饭一共20道菜，细细品来4小时差点没坐住。

Google总部

不只供科技爱好者朝圣

坐落于圣克拉拉山景城的Google，堪称世界高科技公司的标杆，湾区开车过去大约一个小时，上下班的时候高速还挺堵。Google跟微软一样，也是由几十栋三、四层的小楼组成的大园区，除了一个土豪投资公司的总部钉子户[02]，Google基本上把周围地皮都占了，在这里能看见世界各地慕名拜访的科技爱好者。

01

02

03

04

05

06

07

08

09

10

11

园区随处能看见那些曾经或者即将改变人类生活的科技发明，在室外巧遇无人驾驶汽车试验[06]，楼内停放着Google地图的街景采集车[07]，商店里卖的小机器人[03]和安卓公仔都特别萌。

一个写代码编程序的公司内外不会有什么太大惊喜，但是Google的食堂[04]之好还是超出了大家的预期，最有意思的是门口有一块电子屏[05]轮播一位孟姓员工与来访世界各国政要明星的合影，从当年他跟每个人都合影到现在不跟他合影就像没来过Google，名人阵容之豪华从另外一个侧面体现出了世界最大搜索引擎的巨大魅力。

Google员工的薪水环顾整个美国都能算是高的了，而且各项福利好得让人叹为观止，整个园区[10]是一个休闲生活的好环境，可以骑着谷歌特别配色的自行车[09]在楼与楼之间穿行，50米内随时可以找到吃的，吃饱喝足还能健身、打排球甚至游泳，最感慨的就是谷歌竟然给一个直径三米的游泳池[08]配了救生员，这就是世界最好的工作吧。要是雇主都这么压榨剩余价值，我觉得自己能忍。

NFL
一种生活方式

49人橄榄球队是旧金山人的心头爱，这个曾经五夺超级碗的球队名字来源于1849年涌入旧金山的淘金者，队名同时承载了城市悠久历史和球迷对胜利的渴望。对于旧金山人来说，体育就是一种生活方式，无论你是不是体育迷，都会被狂热的氛围所感染。2016年第50届超级碗将在靠近硅谷的新体育场举行，49人能否击败势头正猛的国联西区死敌西雅图海鹰杀入总决赛呢？

01

02

球迷大Party

适逢旧金山49人和同在国联西区的另一死敌亚利桑那红雀的对阵，携家带口的球迷把这个以牛仔裤冠名的体育场挤得水泄不通，偌大的停车场停得满满当当，吃烧烤、喝啤酒、买纪念品，小雨也不能影响球迷的热情。其实，美国人的日常生活相对单调无聊，举办体育赛事的时候，整个城市真是热闹非凡。

03

04

05

06

07

激情啦啦队

《绝望主妇》主演泰瑞·海切尔曾是49人队20世纪80年代黄金期的啦啦队员，成为一名优秀的啦啦队员意味着拥有健美的身材，能用热情和舞动的节奏充分感染带动观众，为主队加油，这是每一个美国女孩在学生时代最希望达成的目标，每次队员选拔都会有上千人应征。

橄榄球比赛本身是足够激烈的，现场头盔相撞的声音不绝于耳，场面比打群架还壮观，令人感叹的是每个观众都很规矩的对号入座，奔放但不失理智，比足球场的激进球迷和谐太多了。

08

09

17英里
岩壁、草地、森林、沙滩、卡梅尔、小动物

从旧金山往南开车大约两个小时，蒙特利半岛一侧有一段风景这边独好的17英里小路堪称世界海景的集大成者，岩壁、草地、森林、沙滩掩映着一批超级富豪的豪宅，高难度的圆石滩、文艺的卡梅尔，沿着海边慢跑或者刚冲浪回来的健美男女，一起构成了朴实、自然、温馨的生活形态，心情由浮躁转为平静，慢慢倾听海的低吟。

1919年开业的圆石滩高尔夫林克斯球场以设计精美和极具挑战性闻名世界，包括每年一度的AT&T圆石滩职业业余配对赛以及1972年、1982年、1992年和2000年的美国公开赛都在此地举办。一年一度的圆石滩老爷车和概念车展也在此举办。

01

02

03

04

05

06

卡梅尔小镇

著名国画大师张大千曾经住在这个像“世外桃源”的地方，许多风格独特的艺术家和作家与依山面海充满波西米亚风情的小镇融为一体，各种古董店、工艺品店、画廊等无不增添小镇原本就逼格很高的艺术感。

斯坦福大学
硅谷的智慧发源地

斯坦福是美国西海岸最著名的高等学府，这所培养了以色列总理巴拉克、两任日本首相、美国总统胡佛、泰格·伍兹等各路名流的名校，更是整个硅谷的智慧发源地，谷歌、惠普、思科的创始人均毕业于此，近60位诺贝尔奖得主曾经或者正在此工作，毕业生中盛产科技领袖和国会议员甚至宇航员。

01

02

03

04

05

06

美丽的校园[01]加上传统加利福尼亚式的建筑风格曾经得到西奥多·罗斯福总统的称赞。

多次看见跳跃的新婚夫妇与伴郎伴娘我才知道，原来婚礼跳真是美国婚礼习俗[02]。

两边深邃的回廊极富建筑美感[03]。

加州大学伯克利分校是斯坦福的死敌，两校橄榄球队比赛的时候，喷水池都要被染成主队的红色[04]。

体育在美国教育中占有很重要的地位，这两个姑娘是暑假加练的校田径队成员[05]。

斯坦福与东方

美国大学的板书竟然有中文，是不是看上去很穿越。斯坦福大学有很多中国留学生，在这里经常能碰到亲切的面孔。

拉斯维加斯

LAS VEGAS

Nevada

USA

拉斯维加斯美女多，在大街家偶遇一家电视台的在拍什么片子，让我不得不停留下来，仔细欣赏这位大美女外在的拉丁风情了。

沙漠中平地而起的城市

哦，不仅仅是一个城市

还是一个奇迹……

有关拉斯维加斯的各种电影，如《宿醉》《21点》《十三罗汉》都让观众了解了拉斯维加斯纸醉金迷的一面，说到大场面，还记得2015年5月2日进行的“梅威瑟VS帕奎奥的世纪大战”吗？拉斯维加斯总不缺少成为世界娱乐焦点的事件。除了这些大型赛事，我关心每年的CES大展，还恋恋不忘在这里举行的2010年环球小姐世界总决赛。

拉斯维加斯是一个谜一样的城市，前前后后因为各种原因来过4次，一共待了10天，一分钱都没赌过，是不是有点太与众不同了？

近几年旅游休闲，特别是会展业已经成为了这个城市发展的主要驱动力之一，很多高端的国际展会都在赌城拉斯维加斯召开。一些著名的金融机构也把总部迁到这里，朋友指着一条大道说，这里面很多物业都是格林斯潘儿子的产业，而内华达大学拉斯维加斯分校的酒店管理专业全世界名列前茅，那可不，产学研一体化教学效果直接呈现了。现在世界经济不景气，各地都在开赌场，近的如韩国、新加坡、菲律宾、老挝、马来西亚，远的如澳大利亚、英国、

01

02

03

04

南非、东欧各国，还有摩纳哥这个老牌赌城，美国境内也不只有一个赌城，西岸有雷诺城，东岸有大西洋城，与拉斯维加斯一道号称美国三大赌城。但是拉斯维加斯一直是赌城中名气最响的，人说“赌城”都是指它。不过对于到这个城市的游客来说，购物、美食、大峡谷、秀和缤纷多彩的夜生活足以填满所有的空余时间。

拉斯维加斯的新城区以Strip大道为中心向两边一字展开，两边汇聚了酒店、购物中心、餐厅。该城的老城区是什么样子？对不起，这是一个活在当下的城市，历史什么的实在没有必要研究，人们追逐着疯狂、追逐着繁荣、追逐着灯光璀璨的夜生活。拉斯维加斯的日和夜都有自己的风采，有时候我们会感慨迪拜城市天际线的海市蜃楼幻象，实际上站在米高梅广场环顾四周一直往东看，这种感觉会更强烈一些，除了金碧辉煌的大楼之外，金字塔形状的酒店、比原件1/3还小的埃菲尔铁塔、室内还有一片天空的威尼斯人酒店……家家装修都是极尽奢华，门厅经常会根据不同的节日或者展示主题更换陈设[05.06]，比如有怀旧情绪的男人可以看到大力水手吃菠菜的样子[10]，女士们可以买

05 06 07 08 09 10

到自己特别喜爱的Manolo Blahnik高跟鞋[07]，赌城用每一种人们可能喜欢的场景去构筑一款极尽奢华的生活形态，让你把度假变为更加充满活力的休闲之旅。

对拉斯维加斯最早的印象还是来自王晶的电影《赌侠大战拉斯维加斯》，不老男神刘德华已经很帅了，初出茅庐犹如一朵娇艳玫瑰的林熙蕾则让我们对这个城市留下了最直观的第一印象。

直到2009年亲历拉斯维加斯，才对赌城有了切身感受。当时查遍各种行程设计方案，发现美国有两个城市：拉斯维加斯和奥兰多，不论飞来还是飞走的机票都很便宜，而且在这里能用非常低的价格住到五星级的酒店，比如2010年环球小姐总决赛期间住的Luxor，五星级酒店的标准间每晚才70美元，就是北京、上海一个高档快捷酒店的标准，而且非周末的工作日和不在Strip大道两侧的酒店更加便宜，吃喝玩乐一应俱全，连城边的Outlet都有别

开头行文就提到
《宿醉》
《21点》
《十三罗汉》
不止赌场片
还有更多的喜剧片
感情片
生活片……
问题是有几个美国影星
没涉及过赌城?

11

12

13

14

的城市不常见的品牌。

看似主题丰富多彩的二十几个酒店，实际上分别属于很少的几家集团，比如MGM旗下就有MGM Grand[11]、Bellagio、Aria这三大VIP娱乐场，Monte Carlo、NewYork-New York、Mirage、Circus Circus也是，Mandalay Bay、Luxor、Excalibur三家更是连成一体，在里面可以玩得昏天黑地，完全没有日夜的概念。整个MGM集团貌似占了赌城新区的一大半地方，看上去整体声势效果非常强大。狮子是MGM的标志，各种跟狮子有关的雕像和纪念品在MGM随处可见，百老汇歌舞剧《狮子王》也在此上演。在MGM Grand酒店内甚至饲养了一只真狮子[12]，让人痛彻理解高大上的含义，不同的娱乐场得奖悬赏的东西不同，财大气粗的MGM在2009年推出的奖品就是当时还很少见的BMW X6[13]，再次刷新高大上的含义啊。而酒店的Villa是给VVIP准备的，像我这样是

15

16

17

没资格住的。

吴彦祖的岳父盖瑞·史莱斯纳是凯撒皇宫的总裁，Paris酒店[15]也属于凯撒集团旗下。金沙的旗舰威尼斯人酒店周围拱卫着集团下的另外一家酒店Palazzo，与美高梅爱恨情仇最深的Wynn地处Strip大道的另外一头，与Encore一起用最豪华的装修和顶级精品店对抗老对头的集团化竞争优势。周围还有一些小的娱乐场，整个城市完全能够做到萝卜青菜各有所爱。

几乎每个赌场都有自己的游泳池，下午的时候泳池边经常挤满了看上去根本不游泳就是来晒太阳享受生活的人，穿着比基尼的清凉女孩来回穿梭服务[18]。而进了娱乐场所，既有无上装的Jubliee秀，也有特别针对女性群体的

18

Zumanity 秀[22]。

看似声色犬马的世界，其实内中秩序极好，新城区几乎是整个美国最热闹也是最安全的城区，大街上比较干净，虽然人多但是鲜有偷盗抢劫的案件发生，各家酒店都雇佣保安维护整体秩序，只要不生事，别在娱乐场内乱跑，可以相对地随心所欲地玩耍。

《向东，去美国》前面章节已经介绍了不少美国特色食品，跟美国人聊天，发现他们心中的美食圣地是新奥尔良。我没有去过新奥尔良，单就美食的丰富程度和烹饪技术来说，拉斯维加斯绝对排在全美城市前列，除了最好的红酒香槟威士忌助阵外，一个沙漠城市能提供绝顶新鲜的海胆，MGM 钓鱼台做的粤菜能达到香港最高级酒家的水准，甚至还有油条豆腐脑提供，更别提每家酒店都有自己风格的自助餐了，价格便宜量又足，皇帝蟹雪白花花的大腿吃到汁水横溢啊。

19

20

21

22

大千世界

每个赌城都有自己的装修风格，威尼斯人是蓝天白云下的小运河，而恺撒里面是古罗马风格式的大理石雕[19.20.21]。电影《宿醉》狠狠地给恺撒皇宫做了一个大广告。酒店内有专门的电影纪念品售卖，我这肚子大的穿一件印有小宝宝的T恤衫会不会很合适哦……

你可以
去哪儿，看什么

夜1
《宿醉》之醉

《宿醉》是特别搞笑的一部电影，美国人的想像力和疯狂在电影中表现得淋漓尽致。熬过白天能把人烤晕的阳光和酷热，进入夜晚的拉斯维加斯才开始焕发无穷的魅力，没有来过这个城市的人是绝对不会想像《宿醉》中为什么哥儿几个一晚上能干这么多事儿，来了之后你就知道了，这里的夜晚需要争分夺秒去捕捉属于自己的每一个精彩，虽然到12点之后大街上也开始趋于平静，但是活力还在这个城市中的各个角落酝酿升腾。

首选是Bellagio的喷泉[06]、金银岛的海盗船[07]、奇迹酒店的火山喷发[08]，这是拉斯维加斯最著名的“室外三秀”，时间只能在夜晚了，还是免费呢。以餐厅开端的好莱坞星球酒店[03]自助餐不错；石中剑酒店[04]白天看很一般，晚上灯光才能打出全部的效果；Ballys酒店[05]的秀在拉斯维加斯也很出名。

01

02

03

04

05

06

07

08

01

02

03

娱乐场内景

对于酒店来说，在娱乐场内玩的人才是赚钱的主要来源，老虎机叮零当啷一直在响，不同的奖金数额和丰厚的奖品刺激着每个玩耍的人用尽身上的每一个硬币，偶尔一台老虎机中奖之后哗啦哗啦掉钱的感觉确实不错，但是十赌九输，一定要适可而止啊，在大厅内还有不同的区域，21点、百家乐[02]甚至专门的体育球赛赌区[03]。

04

05

06

07

Strip大道就是赌城新区的主干道[07]，入夜，这条大道会呈现特别明显的单向堵车洪流，整条大道几乎堵得水泄不通，也不知道哪来这么多人都要往一个方向——夜的方向，娱乐场的方向——走。这时候走路比开车还快，看夜景就是看车。

拉斯维加斯大街上有各式各样的车辆，不仅仅是形状很科幻、颜色很土豪的大巴[04]，车头就像火车头，还有各种象征老美自豪翘到天上的老爷车，而各处豪车是必备品了。

放心，开车出了事儿，警察也就迅速过来处理了[05]，即使是一辆野马开上了马路牙子也免不了要被警察处理——在这地儿，不管你多么有钱、有闲、有权势、有地位，有时候你就是感觉自己什么都有但有时候你就是感觉自己什么都没有。

不管是哪条街，处处可见非常具有荒诞现实主义风格的加长轿车在穿梭——除了各大赌场的贵宾服务外，还有专门的加长车Limo夜游活动[06]。

08

09

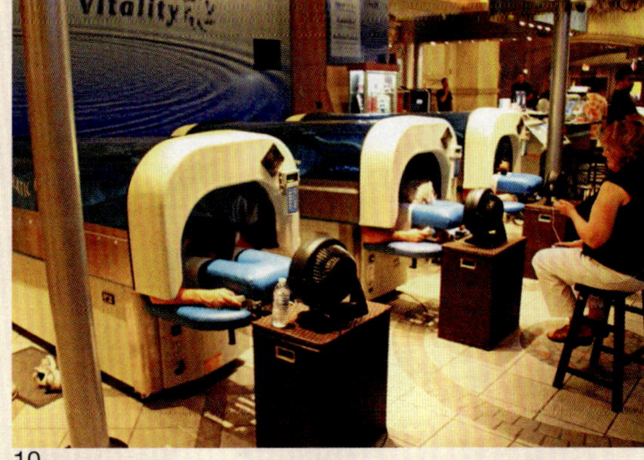

10

11

12

13

赌城四宝，赌博、看秀、购物、吃管饱。这块沙漠中的繁华之地不事农业种植，不事工业制造，四宝的基础只有第三产业，最好的服务。一段很短时间内拉斯维加斯新开起了好多家著名品牌的旗舰店，尤以造型很有特点的LV店最吸引眼球，也是全球最大[08]。

在拉斯维加斯玩要准备各种场合的服装参加不同的活动，适应不同的时间段，正装、泳装、休闲装、运动装、晚礼服样样不可缺少，众多的商店和最新的款式给你买买买的冲动[09]。

买累了，还能到街上的自动按摩机上湿蒸[10]，或者去凉棚吹喷雾，这儿的白天地表温度50℃，晚上还吹热风。

走饿了，碰到美食就像姑娘们一样停下来等，如果嫌小哥做的巧克力[12.13]太甜就转身去瞅瞅用糖果做成的自由女神[11]，也管饿啊。

夜2
秀之魅

来拉斯维加斯不看秀，那真是辜负了这座城市。与纽约的百老汇一样，这个城市汇聚了各种不同的大型表演，除了声光电效果还有各种大型机械装置辅助，主题不一，晚7点和9点，各家酒店都拿出绝活吸引游客前往观赏。

LE RÊVE[01]和O秀是赌城最有名的两个水秀表演，利用层出不穷的机械装置给观众呈现如梦幻般的景象。我在2010年的广州亚运会看过类似创意，这种表演随着设备的进步和表演的成熟，越往后越先进好看，澳门新濠天地的水舞间已远超美国赌城。

MGM Grand的KA秀[02.03]是赌城少有票价不打折的，好位置还相当昂贵。其他的秀基本上都可以从大道两边的小店买到折扣票，好多秀都是由著名的太阳马戏团参与设计和演出的。很多著名歌星也会来这里开演唱会，大卫·科波菲尔、席琳·迪翁等均在这座城市驻场多年，每晚表演。

娱乐场用各种方式让你在里面尽兴，甚至发牌员[04]身后就有跳钢管舞的姑娘[05]。可是姑娘，你确定真不是为了打乱我的心神吗？

电影《21点》里凯文·斯派西带的学生通过数学方法计算增大获胜的概率，也流传着从几块钱变成大富豪的故事，可惜，这事

01

02

03

04

05

06

07

儿轮到普通游客都跟“别人家的孩子”一样遥不可及了。再次劝大家：“适度娱乐，切勿沉迷。”

那个最古老的职业在内华达州合法，大街上还频频有货车拉着广告箱招摇而过，市内还有世界最大的性用品超市[12]，但新城区绝对是老少咸宜的逛街场所，奥妙都在城市的边缘和沙漠深处。沿街派发“包小姐”卡片的闲人手里攥着一摞名片打得山响。

如果你能把拉斯维加斯当天使城看，就会发现此地摇曳多姿，在LE RÊVE的这位意大利姑娘，性感奔放[06]；在Mandalay Bay酒店大堂迎面的乌克兰大美女[07]，身材超正，可爱善良；在电梯里两位美国的州小姐逊色多了。

街边艺人比别的城市技高一筹，想想40℃以上的高温在炙热阳光下穿着钢铁侠盔甲[11]或全身漆银[10]站着一动不动是什么感受？

到达或离开、等车或等飞机都还可以玩上几把老虎机，赌城不放弃机会。

08

08

10

11

12

13

14

乘电梯偶遇美国俄克拉荷马小姐和佛罗里达小姐。

夜3

“逛夜店是受美国宪法第X修正案保护的”

拉斯维加斯是一个属于夜的城市，Encore酒店的XS和MGM Grand酒店的Hakkasan都是全美排名前几的Club，真跟电影上演的那样，门口300斤的壮汉保镖决定至少排队100米长的男孩女孩（主要是女孩）何时能够入场，每个人都沉醉在越夜越美丽的莫名快乐之中……

泰勒·斯威夫特的现任男友、2014年全球百大DJ排第11位的加卡尔·哈里斯亲自助阵[01]，现场能不嗨爆吗？看完脸再多看几眼硕大的臀围，没错，就是金·卡戴珊[02]。

连服务员都是维多利亚的秘密范儿[03.04]，俄罗斯土豪的大趴从保镖到香槟极尽奢侈[05.06.07]。

01

02

03

04

05

06

07

白日1
拥有枪支是受美国宪法第二修正案保护的

虽然枪支泛滥是美国恶性案件频发的重要原因之一，但是有一种司法解释："拥有枪支的权利是受美国宪法第二修正案保护的民权。"全美步枪协会是美国最大的枪械拥有者组织和强大的利益集团，美国各地都有射击俱乐部，从手枪到反坦克导弹都可以尝试，价格很便宜，但大多数靶场都需要拥有美国ID才能下场体验。

01

02

04

最烧钱的娱乐是什么？六管加特林机枪2秒打完300美元[01]！最彪悍的女汉子是什么模样？光膀子打枪[02]。俱乐部基本上都是前店后靶[05]，每年"黑色星期五"狠狠折扣，军用悍马和M113装甲车也能开出去兜风[04]，不过，一切操作都是非常正规化、专业化的[03]，在打枪之前工作人员会专门讲解射击安全。安全第一。

03

05

白日2
像鸟一样飞翔

拉斯维拉斯的日与夜，夜结束了，白日到来，同样是五颜六色的、多姿妖娆的，但得坐飞机升到空中，鸟瞰。拉斯维加斯有多家公司提供直升机游览市区及科罗拉多大峡谷——换一种视角能够拥有很多不同寻常的体验。每家机型均不相同，一架最多承载7名游客，飞行的时候多多少少都会有点颠簸，班次非常密集，但华灯初上的黄金时段都需提前预订。

01

02

03

04

05

06

07

换角度看拉斯维加斯，喧嚣之外也有世外桃源，常年在此驻唱的席琳·迪翁就住在郊外临近沙漠的绿洲里[07]。Strip大道和"Michael Jackson show"[01]同样显眼，不太可能被高楼大厦们完全压制，而高楼大厦们尽管换了面目，但以财富为核心的故事仍然生动：特朗普大厦在《纽约》出现过了，Wynn和Encore本是一家[04]，创始人夫妻离婚后，一人一栋，房子也要跟着离婚啊。太热，和青岛一样，普通游客们的游泳大趴超级恐怖[06]，如果有钱，就是"劳斯莱斯+湾流550"的土豪标准配置，高塔酒店楼顶还有世界上最刺激的跳楼机和旋转飞椅[08]。

内利斯空军基地[10]距离Vegas只有13公里，每年在此举行美国空军最重要的"红旗军演"，实地拍到美军最新式战斗机F-35双机编队[09]飞行是最令人兴奋的偶遇啊。

08

09

10

造型学与色彩学

鬼斧神工

黄黄的大河向南流啊……科罗拉多大峡谷是自然世界最为壮丽的景色之一，铁矿石及氧化物与不同岩层共同形成了大峡谷丰富的色彩，对比鲜明。大约有1/3地壳变动的历史被深深地纪录在石壁之上，谷底的岩石大约经历了20亿年的岁月变迁，整个大峡谷堪称一部活的地球历史教科书。拉斯维加斯紧邻大峡谷的西峡，但是大峡谷国家公园主要是指南峡和北峡，距离城市远得多。现实些，西峡吧还是。

01

1936年建成的胡佛水坝，
是整个拉斯维加斯的动力之源，
一座水坝横跨
科罗拉多和亚利桑那两州的两个时区，
下面是不是藏了《**变形金刚**》，
各位可以一探究竟

02

03

西峡位于Hualapai印第安人保护区内[05.06]，从市内报1天团前往西峡需要在保护区内换乘车辆。西峡主要有3个景点，包括玻璃桥[04]在内，各项商业开发比较成熟。

看地势变幻，Eagle point是西峡谷的主要景点之一[08]，在这里旅游要注意过于灿烂的阳光，同时要注意保护环境[07]。马蹄湾[09]是科罗拉多河在亚利桑那州境内的一截U形的河道，距离羚羊谷不远。

看色彩变幻，大拱门国家公园[11]位于美国犹他州东边，世界上最大的自然沙岩拱门集中地之一。羚羊谷[13]位于亚利桑那州佩吉市，距离拉斯维加斯500多公里，只有正午很短的一段时间阳光才能透过几处间隙照到红砂岩谷底。

一般是乘坐直升机游览大峡谷，再从空中看风情，也是别样[10]。

04

05

06

07

08

09

10

11

12

ACADEMY AWARD
TO
"THE STING"
BEST PICTURE OF 1973
RSAL-BILL/PHILLIPS-GEORGE ROY HILL PRODUCTION
ZANUCK/BROWN PRESENTATION
DUPLICATE FOR STUDIO

洛杉矶

LOS ANGELES

State Of California

USA

我的意外收获来自在洛杉矶环球影城的历史展，拍些纪念品，有捐赠的，有没人领取的，一个小金人原件，太远，看不清楚，长镜头拍出来的，一看，好家伙，……1973年奥斯卡金像奖最佳影片获得者：《The Sting》（中文译名《诡中诡》）。

第一次去洛杉矶是2009年，再次踏上这片土地已经是5年之后的2014年。没想到后来紧接着半年之内连去了3次，甚至有了“打飞的”专程看电影的典故。

到了洛杉矶就能感受这个城市之大，从国际机场租车往外开，去稍微有点名的地方都需要1小时以上，这还是在时速100公里的情况下。早晚高峰时，城市内堵车也很严重。记得参观完罗纳德·里根总统图书馆回机场还车的时候真是堵得我心急如焚，不过大家都守规矩，谁也不好意思抢行加塞。

在中国人的概念中，北京已经是很大的城市了，但那是一种摊大饼的大，一圈一圈，大洛杉矶地区则更像是在超级大平底锅里打了一堆煎鸡蛋，每一个蛋黄都是一个功能区，华人聚居区、小东京、韩国人聚居区之间有个区隔。

洛杉矶本来不是我很喜爱的城市，因为去得多了，去得顺了，也逐渐发现它的精彩。其实，有好莱坞这个世界最大的名利场在，又怎能缺得了故事？因为好莱坞在这里，很多城市的景象都是影视剧中耳熟能详的，比如电影《2012》中大毁灭的场景，比如《生活大爆炸》里面“谢耳朵”他们住的帕萨迪纳，一直很遗憾没能去马里布海滩看看钢铁侠家的实景，因为这些电影，更因为1984年奥运会和新中国的第一枚金牌，对这个城市有了更多的期待。

一位小朋友跟我说，洛杉矶怎么跟个大农村一样啊？没错，飞机快降落的时候往下看，除了市中心Downtown

01

02

03

04

05

那几个高楼，好像都是平房[03]，从东边的卢肯斯山到西边的太平洋东岸，基本上没有什么起伏，城市中还有大片的区域属于停车场。在市中心南方大道上有个重要地标——迪士尼音乐厅[05]。

其实一开始我是很抗拒洛杉矶的，感觉在这里要是没车几乎寸步难行，但又不喜欢租车，还特别怕迷路和警察抄罚单，停车还麻烦。但在洛杉矶要是没有车，还真跑不过来。虽然现在有了Uber，但城市那么大，从好莱坞高地打车去机场还是得70美元以上——够租两天车了。

一开始我觉得这里的城市交通几乎就是没有，后来发现多想想办法，绝大多数著名景点坐地铁和公交也能到，不过真正着急的时候千万别指望地铁，亲自遇到过倒数第二班地铁从对面方向驶过来、全程逆向行驶还得避让顺向车的事情，满脑袋都是列车相撞的惨景。

相比交通，洛杉矶的气候十分招人喜爱。加州最不缺的就是阳光，跟北加州不同，洛杉矶终年气候温暖，几乎不降雪，冬天也就是突然冷一下但马上就热起来，女孩可以全年穿着热裤在街上遛达，这种天气，最适合开着敞篷车去兜风啦。

洛杉矶是美国第2大城市，是最大的海港，也是石油化工、海洋、航天工业和电子工业的最大基地，还是全世界的文化、科技、国际贸易和高等教育中心之一。奋进号航天飞机之所以能留在洛杉矶而不是众望所归的航天城——西雅图，主要是因为，以加州为主的电子科技企业打造了奋进号航天飞机这个项目——波音747背着航天飞机回来的路上还专门飞过格里菲斯天文台等科研机构。

06

07 08 09 10 11

洛杉矶有很多著名的大学，最神往的加州理工大学我却一直没去过，这所随着核工业和计算机技术突飞猛进、精英辈出的学校在物理学、化学、航天航空、行星科学、地球科学等领域被公认为全美第一，国家级院士数量占教师人数的36%以上，《生活大爆炸》就是以加州理工大学为背景地。

加州大学洛杉矶分校是全美公立大学的三强之一，也是全美申请人数最多的高校，除了16名教师和毕业生获得诺贝尔奖之外，很多意想不到的人也曾就读于此，比如：1970年代的NBA巨星“天勾”卡里姆·阿卜杜尔－贾巴尔、1950年代的美国超级偶像詹姆斯·迪恩，还有开发了《星际争霸》系列游戏的暴雪娱乐3位创始人等。好想在加州大学洛杉矶分校图书馆上个自习啊[07]。

南加州大学也是我非常喜欢的大学，这座距离Downtown很近的学校虽然周边的治安环境不是很好，但是校内环境非常赞。这所大学体育特别强，迈克尔·菲尔普斯当年就在这里训练，还是NCAA最顶级的6大分区联赛之一的成员，橄榄球的特洛伊人[09]与加州大学洛杉矶分校小熊可谓世仇，每逢对战，场面极其精彩火爆，校内纪念品店就卖印有Beat UCLA（干掉UCLA）的徽章，休息时间上场表演的啦啦队暑期也训练[08]。“德比”之后，胜利钟将会被胜利队拥有1年。但学校最值得说的还是史蒂文·斯皮尔伯格、乔治·卢卡斯、罗伯特·泽米基斯、朗·霍华德等人毕业的电影艺术学院[10,11]，2006年乔治·卢卡斯为学院捐赠了1.75亿美元。

位于洛杉矶市中心的斯台普斯中心[12]是NBA的湖人、快船和WNBA的火花、NHL的国王等球队的共用主场，球馆冠名商Staples是世界著名办公用品品牌，这个体育馆现在是美国体育的象征之一，1999年落成的球馆能容纳

12 13 14 15 16

两万人，每年举行近250场活动，这里是“紫金球迷”心中的圣地，湖人的球队纪念品专卖店很是热闹[15]。2012年2月17日，习近平主席还曾经在这里现场观看湖人迎战菲尼克斯太阳的比赛，目睹科比·布莱恩特狂砍36分9篮板6助攻4抢断率队赢球的壮举，并获赠湖人为他定制的1号战袍。

馆外塑像的标志性人物是加拿大的冰球巨星韦恩·格雷茨基[14]，NHL生涯4夺斯坦利杯并至今保持联盟进球纪录、总共保持61项历史纪录。在这儿树起雕像的还有“天勾”贾巴尔以及杰里·韦斯特、“魔术师”约翰逊[16]，湖人传奇解说员奇克·赫恩也有雕像，旁边还有一条街以奇克·赫恩来命名。

近些年快船的势头比湖人更猛一些，但是洛杉矶最近一次夺得总冠军的还是湖人，所以球迷用品商店里都是“We Are Champions”的T恤衫，但不知道，下一个属于洛杉矶的王朝何时到来。

我在斯台普斯中心外面赶上了WWE的全明星活动[13]，这个拥有RAW、Smack Down的体育娱乐和传媒公司是世界上最大的职业摔角推广企业。

每次看摔角都觉得动作好暴烈，选手在台上表演的惊险程度极度夸张，后来才知道摔角本身只是一项娱乐节目，比赛过程都有剧本并且规定了胜负的，类似于动作电影，并不是一项竞技体育，和竞技摔跤有很大区别。“恶魔凯恩”、“神秘人雷尔”在摔角迷中有我们难以想像的巨大影响力，摔角手当中还有金发碧眼、身材姣好的女明星，有时候，主持人、裁判、观众摔成一片，好玩儿。

你可以
去哪儿，看什么

环球影城
友情提醒：此地曾是养鸡场

洛杉矶有两个主题乐园，环球影城比较靠近市内，迪斯尼稍微远些。环球影城从一家养鸡场开始发展成为现在视效奇佳的电影大工业和衍生主题乐园，文化娱乐产业的前景实在大有可为。

01

02

03

04

05

06

虽然凯文·科斯特纳的《**未来水世界**》电影票房不行但是主题表演很行
07

欢乐、玩耍的一天就要结束了，华灯初上出门到环球影城的步行街再次感受一下生活和《**金刚**》
08

玩完之后出门要被"阿努比斯"《**木乃伊**》再吓一跳
09

10

环球电影之旅

受规模制约，洛杉矶环球影城没有奥兰多那么多娱乐项目，但是环球电影之旅还是很赞的，从山上可以远眺每次华纳兄弟出品电影片头的影棚[02]，还能品味好莱坞电影的历史，观看现在还在使用的影棚和布景设施，并且各色"巨星"来个亲密接触。如果你是影迷，如果你来到洛杉矶，如果你选择的是一日游，环球影城就是你的不二选择。我的意外收获来自在洛杉矶环球影城的历史展，拍些纪念品，有捐赠的，有没人领取的，一个小金人原件，太远，看不清楚，长镜头拍出来的，一看，好家伙，……1973年奥斯卡金像奖最佳影片获得者：《The Sting》（中文译名《诡中诡》）。

星光大道

好莱坞大道两侧有超过2500枚星星，代表着对娱乐产业有杰出成就者永恒的纪念，包括演员、音乐家、导演、制作人、音乐组合乐队、戏剧团体、虚拟人物的名字，每个星星内的徽章记载了他们是因为哪方面的成就名垂大道，这里的明星太多，每个人都有大量粉丝，以至于路过这里经常可以听见路人惊喜的尖叫。

欧冯·吉恩·奥特里

生于1907年9月29日，逝于1998年10月2日，是美国的一位乡村音乐歌手和演员，以“歌唱牛仔”的形象走红，是目前唯一在星光大道上得到全部5种星星的神人，以表彰他在电影、电视、音乐、广播、戏剧方面的成就。此人总计出版了640多首歌曲，拍摄了93部电影，1930年代至1960年代是其最为风光的时候，淡出娱乐圈后的奥特里在商业领域也有不俗表现，成功经营了数家电台与电视台。

好莱坞

人生如若一汪静水，不妨偶尔浮躁

美国是一个光怪陆离的大世界，好莱坞就是这个大世界中的极品，置身好莱坞，你就会觉得浮躁无比，不过，偶尔浮躁一点也不是多大的坏事，人生要总是一汪静水，就臭了。在这条目测相当于王府井步行街一半长短的好莱坞高地大道上，演绎着各种浮华的故事。

电影工业的开创性人物
大卫·格里菲斯的
《党同伐异》分为4个故事
第4个是**《巴比伦的陷落》**
为此他在好莱坞高地日落大道附近
搭建了4层楼高的巴比伦城墙
以及白色的大象雕塑
《早安，巴比伦》的
主要道具就是大象，
更像是向
这位电影伟人
致敬

01

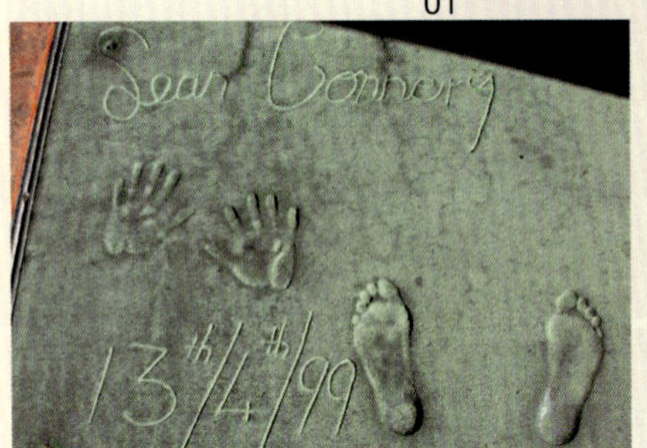

02

03

04

中国戏院和杜比剧院

中国戏院[03]由被尊称为“好莱坞先生”的西德尼·格劳曼打造，从2013年开始有中国品牌冠名中国戏院。中国戏院前面的手印脚印似乎比星光大道上的星星名额更珍稀，而且多是剧组集体的成果，积累到现在大约是200多个明星。

中国戏院的旁边是杜比剧院[05]，从2002年开始奥斯卡颁奖典礼就在此举行，只有身临其境才能感受到杜比实验室用215个音箱为影院带来的超凡震撼全景声效果。

05

06

12

好莱坞高地的麦当劳[12]都装修出了跟别地儿完全不同的样子，麦当劳在美国旅行中其实也是一个不错的选择，至少汉堡做得都非常好吃，尤其是蘑菇牛肉堡，而且有些餐厅饮料还能续杯，非常实惠。高地中心的维多利亚的秘密是门面店[10,11]，当年那场秀还没有这么火的时候，一进门就看到25美元、5条内裤的夏季折扣，价格并不奢侈。

酒店一多，并且各有各的特色各有各的故事，自然成了风景。罗斯福酒店顶楼的套房[07]，传说有肯尼迪总统和玛丽莲·梦露的故事，梦露死后她的魂魄还流连于生前最喜欢的房间，并在舞厅里跳舞。除了梦露，卡洛儿·隆巴德、艾罗尔·福林都很留恋此地，半夜经常开"鬼Party"。《风月俏佳人》取景地、茱莉亚·罗伯茨来投奔男主角租住的那个酒店也不错[08]。

倒是传说很久的比佛利豪宅山上处处都是[09]，但是一般都被巨大的植被包围起来，外面很难看到里面的样子，能理解，电影里怎么大尺度都行但回到日常生活也有隐私嘛。

07

08

09

10

11

13

大街上就能遇到拍电影的摄影车[06]，前面那辆车的女演员还冲我们打招呼，不知道后来有没有以路人甲出现在某部电影中间与住在比佛利豪宅的某位巨星成为"黄金拍档"？

既然是世界出名的名利场，就不能少了开奇形怪状跑车出来嘚瑟的人[13]，杜比剧院对面就有一个青年旅社，堪称全世界位置最好的Hostel，每晚都能听见震耳欲聋的跑车轰鸣声。

12

13

14

15

派拉蒙摄影棚

看到摄影棚牌子上标着《公民凯恩》、《人鬼情未了》在此拍摄的时候，对这里肃然起敬。以群星围绕雪山作为片头标志的派拉蒙公司拍的片子特别对我的胃口，《教父》、《阿甘正传》、《夺宝奇兵》都是我的心头好，听《终结者：创世纪》的剪辑师亲自开着电瓶车讲解感觉更是棒极了。

16

17

18

19

20

中国现场：《变形金刚4》

2013年在香港拍摄电影《变形金刚4》的时候，首次接触到了好莱坞一线超级大制作的拍摄实景，曾经拍过《勇闯夺命岛》、《绝地战警》的迈克尔·贝[19]是派拉蒙的摇钱树，厂内专门为他命名了一条路。

在这次香港拍摄期间，马克·沃尔伯格[20]演得非常彪悍，全片拍摄动用了大量专门用于后期数码制作的电影拍摄设备[18]及数控摇臂[17]，令人大开眼界。

杜莎夫人蜡像馆

杜莎夫人蜡像馆在伦敦、纽约、阿姆斯特丹、香港、上海都有，每家都根据当地情况人物角色有所侧重，紧邻中国剧院的这家当然是以好莱坞群星作为主角的，门票昂贵的蜡像馆一个人看确实没有意思，但是几个朋友一起来拗造型拍照倒真是不错的选择，蜡像刻画得栩栩如生、汗毛毕现，而且基本上都以经典电影中的经典造型示人，你可以比较一下栩栩如生的杰西卡·阿尔芭[04]和妮可·基德曼[05]，感受一下真人大小的“钢铁侠”[06]，缅怀并向伟大的希区柯克致敬[03]，甚至可以看看迈克尔·杰克逊的手相[02]。

01

02

03

04

05

06

07

08

09

10

11

好莱坞是一个名利场，一个很专业的名利场，就连杜比剧院前的Coser也是最专业的扮演者，他们也构成了好莱坞的一道风景，并且随着最火爆的电影题材不断冒出新的花样[07.08]。

这个名利场也很有规则，奥斯卡像是有版权的，所以商店里卖的都是跟真正的小金人样子有所不同的纪念品，和我在环球影城历史展拍的小金人真身是两码事，但人们很热衷于买个Best xxx送给自己的师长和朋友[09]。

洛杉矶是一个广告城市。公交车驶过，你能看到《The Voice（美国好声音）》的广告[10]，而在城市的中心，《最终幻想XⅢ》的一组游戏巨幅海报占据了斯台普斯中心旁边的几个楼体，够幻想的啊[11]。

罗纳德·里根总统图书馆

美国的霸主时代

曾任加州州长的罗纳德·里根把自己的图书馆选在了洛杉矶西北的西米谷，这里风景秀美景色宜人，经过盘山的总统大道，就能感受这位堪称美国20世纪最伟大总统之一的傲娇。里根是是美苏冷战时代的见证人和苏联的掘墓人之一，在这里看的不仅是历史，更是一种情怀吧。

罗纳德·里根总统图书馆是现在已有的13个总统图书馆中最大的，陈设了从他上学到与南希恋爱再到成为总统的历史，当年演电影[02]、参军[04]和当GE发言人的工作经历平时很少看到，1980年与卡特竞选的胜负悬殊竟然如此之大，双方握手背景的竞选胜负图看罢触目惊心[06]。

当然没有忘记里根在任期间的那些钉子户，霍梅尼、卡扎菲、阿拉法特、阿萨德均已不在，但丹尼尔·奥尔特加现在还是尼加拉瓜总统[03]。

还有一个专门区域复原他1981年遇刺时候的情境[07,08]，场景令人怜悯。

看他的墓地又肃然起敬[10]。

复制椭圆形办公室是总统图书馆的标配
罗纳德·里根总统图书馆也不例外
问管理员《**国家宝藏 2**》中坚毅桌的典故
她说那仅仅是一部电影

01

03

04

06

07

08

02

05

09

10

11

12

13

14

中国源源

罗纳德·里根是中美建交之后第一位访问中国的在任总统，访问西安期间还下到兵马俑坑参观[12]，虽然里根竞选的时候打的牌还是右翼言论，但是他任内签署了《八·一七公报》，使美国跟中国的关系不断进步，由此可见，政治最终的主导因素还是国家利益。

里根总统访华时乘坐的空军一号竟然在馆内[14]，与之同列的还有1架海军陆战队一号直升机，还有陆军一号的总统专车[09]，展示的专车玻璃厚度竟然超过10厘米，大厅内还陈列了总统的警卫摩托车队和教皇的座驾。他还应该是一位很痴迷的汽车爱好者，一个专门区域展示从第1台奔驰到蝙蝠侠飞车的跨度极大的汽车收藏。

衣阿华战列舰博物馆

大炮巨兽

衣阿华级战列舰是美国最后的一级战列舰，一共造了4艘，后面二战打赢了就没再造，这一级战列舰因为日本人在其中的第3艘密苏里号上签署了投降书而名声大震。衣阿华号是4艘中的第1艘，直到2012年7月才拖到圣佩德罗的洛杉矶港成为一个浮动的博物馆[02]。船上的很多老兵继续做着志愿者的工作[01]，践行着老兵不死的诺言。

01

02

03

04

总统旗舰

衣阿华号执行的第1个重要任务就是护送罗斯福总统前往开罗和德黑兰跟约瑟夫·斯大林、温斯顿·丘吉尔开会，这艘船是美国军舰历史上第1艘有浴缸的军舰，专门为罗斯福总统服务[09]还有专门供杜鲁门总统打牌用的桌子[08]。

工作人员很有创意地用《时代》杂志的封面来表示曾经乘坐过这艘舰的世纪名人和璀璨将星[11]。

08

09

10

11

05

06

07

巨炮

9门主炮侧面齐开产生的后座力能把45000吨的巨舰横向推移10米，由于美国海军舰队需要通行船闸宽度有限的巴拿马运河，所以必须把船宽设计在一定的范围内，相应火炮口径都限制到了406毫米，现代化改装后，已经加装了战斧式巡航导弹等新式武器。

战功赫赫[13]

1949年和1958年衣阿华舰两次退役，1981年里根总统提出600艘舰计划后于1984年复活。在莱特湾海战、马里亚纳群岛战役等立下赫赫战功的衣阿华号是世界上最晚退役的一艘战列舰，巨舰大炮的时代已经在1990年事实上终结了。

永远的创伤[12]

1989年4月衣阿华号发生了剧烈爆炸，2号炮塔里面发射药包爆炸，产生的火球和有毒气体，一次就造成了47名水兵死亡，时至今日，炮塔内还是当年炸毁的样子。整个战列舰有2000多名定员，电影《超级战舰》中几个人就把船开起来的事儿在现实中绝无可能。

12

13

自驾游

第一次也很紧张

美国被称为“车轮上的国家”，2014年汽车保有量超过2.4亿辆。对于美国人来说，汽车就是生活必需品，从福特兄弟开始让美国人买到廉价的T型车，到艾森豪威尔总统发展国内高速公路建设，再到现在规范化、成熟的国家汽车交通体系，司机在路上行驶普遍比较规范，虽然大家速度普遍较快，但是礼貌让路、不乱变道、很少按喇叭、见到过路行人主动停下等都让你感到开车的愉悦，也从侧面证明了美国汽车文化的成熟。

美国租车业非常发达，Hertz、Budget、Avis、Dollar均有性价比不错的汽车，交接车辆手续极为简便，买好保险直接上路，配备的GPS非常准确，还有交通流量预警的谷歌地图，道路指示也比较明确。作为顾客，你只需要多上网比较，就能找到最心仪的车型。州际高速和国道都是两位数以内标号，州内主干道是3位数，乡间公路是4位数，几条重要的高速如1号公路、5号公路、66号公路都有不错的风景和文化含义，尤其是1号公路[02]，依山面海，绝美。自

01

02

03

06

07

04

05

08

重要的事情我不说你也得看三遍!

在美国驾车，一定要注意遵守交通规则，在中央公园外面停久了，劳斯莱斯也照抄罚单[11]，不过这位俄罗斯裔司机竟然当着警察的面把罚单撕碎扔掉也是够勇猛的，不愧是战斗的民族啊，却不是你学习的好榜样。

还有就是大家都开得规矩，一出车祸就是非常恶性的连环事故，亲眼见到两台大货车烧得面目全非，惨烈啊[07]。

通常都会把握超过最高限速5%以内，只要大家都差不多的车速，警察基本不会管，我有过在亚利桑那州雨天开120公里/小时还被旁边的车频频超过的遭遇。超速很爽，不过，一旦你被神出鬼没的警察抓到了就乖乖认罚吧，通常警察会驾摩托车或者警车闪着灯跟在后面，看到了你就主动靠边，双手放方向盘上等待警察上前询问的时候配合交验驾照，如果你态度好或者警察心情好，有时候也能商量免罚。不过还是奉劝各位一句：遵纪守法最保险，自由世界更没特权。

一定要特别注意坚如坦克的黄色校车[10]，网上段子多，不啰嗦了。

再啰嗦3个细节，或者对你有帮助：一、加州公路上专门划出一个Car Pool区域[09]，只有车内乘客超过两人才能进入行驶；二、美国公路拐弯的地方路边倾斜角度极大[05.08]，在允许驾驶员保持较高车速过弯的同时保证不发生横向漂移，刚开始感觉还有点吓人；三、在市郊居住区内开车要特别注意Stop标志，否则就是一个违章。

09

10

11

驾旅行也是美国文化的一种，由此还衍生出很多公路电影片，数不胜数。

如果想体验美国的汽车文化，最好尝试一下美国的“肌肉车”，福特Shelby[15]、雪佛兰的“大黄蜂”科迈罗都是不错的选择，租车公司甚至有科尔维特这种美国国宝级跑车提供。现在从旧金山到洛杉矶的充电桩也已经非常完备，加州经常能见到特斯拉的身影，不过州际高速上见得最多的还是“擎天柱”[16]，不得不感慨巨大的货车司机技术相当好，在休息站掉头驾轻就熟。

美国高速公路路标都比较明显，10号公路可以从加州一直开到佛州，几乎横贯东西海岸，全程近4000公里，很多路段笔直延伸，被称为通向天际的道路，一开四五个小时都是家常便饭，一个人开车会感到无聊，很累，好在高速通常不收费，油钱也便宜，周边看看风车发电什么的整体感觉还是比较舒心，但开车时间长了还是犯困，就多瞅瞅珍惜生命的公益广告吧[03]，这时候需要音乐提神，可口可乐也是好东西。安全驾驶之余，窗外的风景也不容错过，除了高亮的光伏发电站，兴许还能碰到海军陆战队的AAAV-7两栖突击车训练呢[12]。

12

13

14

15

16

从圣迭戈一直往南开
不到半小时就到了美国和墨西哥的边境
穿过钢铁栅栏，再开过去就是墨西哥的蒂华纳了
要知道
开过去容易
开回来排队没有一两个小时搞不定哦

ORACLE
ORACLE Racing
ORACLE Racing
5
Fly
Emira

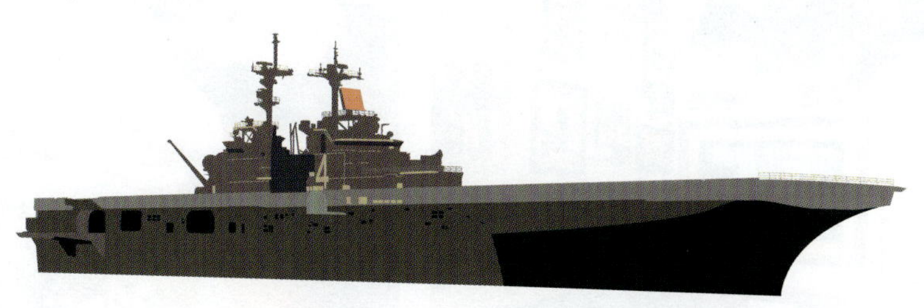

圣迭戈
SAN DIEGO
State Of California
USA

圣迭戈除了美景还有航空母舰作为背景，通过世界上最好的电视转播让200多个国家和地区的观众收看现场实况和海湾美景，美洲杯帆船赛的电视信号能做到这么绝佳的效果让参加过各种世界大赛电视转播的我叹为观止。

曾经憧憬的美国旅行计划里包含着圣迭戈动漫展，那是全世界动漫迷的天堂

也很憧憬位列世界最大动物园之一的圣迭戈动物园和水族馆

依旧憧憬驾车前往墨西哥的蒂华纳，不知道会不会碰上毒贩火并呢

不仅仅实现了巡视美国海军太平洋舰队

更为美好的是，亲身感受了高大上美洲杯帆船赛

来过圣迭戈两次，这个距离洛杉矶市中心开车两个半小时左右的城市已经是完全的热带风光，本来没有想象到这里能有那么舒服，实地考察之后才明白为什么真正的科技精英正在逃离浮躁的硅谷，来这个安静的城市做脚踏实地的创业和研究。

跨过高高的跨海大桥去科若拉多岛，这里就是不爱江山爱美人的温莎公爵邂逅辛普森夫人的地方，人们似乎都愿意相信退位是爱情的力量，宁可忽视还有一个重要的原因是，临近二战的英国肯定不能接受一位亲纳粹的爱德华八世。

从圣迭戈开始的美国海军舰队之旅也开启了我对海军港口的旅游记录，后来的日本横须贺、法国土伦、意大利拉斯佩齐亚丰富了我对各国海军的直观认识，俄罗斯的摩尔曼斯克、英国的朴茨茅斯之旅已经提上议事日程。

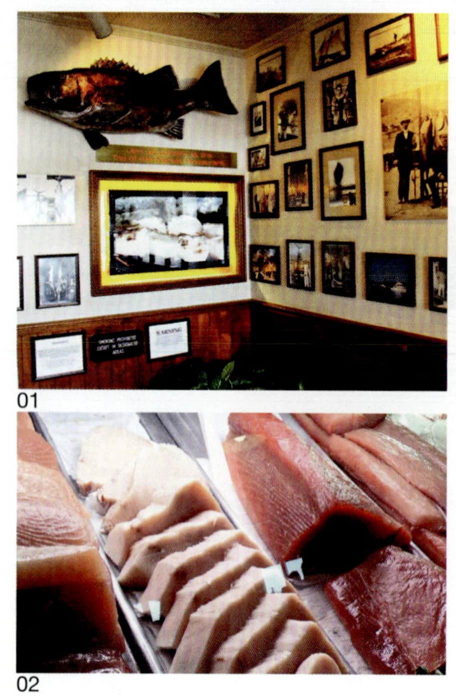

01

02

03

圣迭戈的地标是位于中途岛号航母旁边的胜利之吻雕像[07]，立于为赢得太平洋战争浴血征战4年的美国海军港口，也是一种对世界反法西斯战争胜利的最好铭记。1945年8月14日，日本宣布无条件投降，一位水兵在纽约时报广场亲吻了一名女护士，这一瞬间被《生活》杂志的摄影师阿尔弗雷德·艾森施泰特抓拍下来，成为传世的经典历史画面。

雕像旁边的鱼市餐馆[01]是一家非常好的海鲜馆，不仅景色优美，而且物美价廉，新鲜的金枪鱼肉，肥嫩的带子，尤其是焗奶油的大龙虾[03.04.05.06]……对不起各位，写这段文字的时候嘴里就有口水了。

推门进入餐馆第一眼我就看到墙上挂的大鱼和满墙的老照片，当时就感觉来对了地方，只不过这里的龙虾并非本地出产而是波士顿龙虾，这一点还让我有点小吃惊。最后算算价钱，没点酒加上小费人均40美元的样子，实在是物超所值。

圣迭戈很多餐馆都是面朝大海、春暖花开的样子，在这里的生活一定非常惬意[08]。圣迭戈随处可能都有典故，千万别忘了印度之星号帆船[09]。

04

05

06

07

08

09

10

圣迭戈有很多美军基地，海军、海军陆战队和海岸警卫队都有驻扎[10]，海军陆战队的两个训练中心之一也坐落于此，这里还有海军飞行员训练中心，市中心上空经常可以看到军用飞机的身影。

留下深刻印象的是中途岛号航母旁边的两个雕像，一组真人大小的群雕反映二战期间美国著名演员鲍伯·霍普给海军士兵的慰问演出，同时播放当年演出的录音，让人仿佛身临其境[12]。旁边树着立海军少将克利夫顿·斯帕格的雕像[11]，这位优秀指挥官1944年在萨马岛海战中，率13艘舰只迎战具有优势的23艘日舰主力（含世界第一战列舰大和号），结果重创敌舰队。

泊于圣迭戈港口的中途岛号航母是美国中途岛级航母的首舰[13]，名字是为了纪念二战期间太平洋海战的转折点中途岛大海战。虽然没有赶上二战，但是之后的历次军事冲突如韩战、越战、菲律宾撤侨甚至海湾战争中都没缺席，1992年该舰退役，2004年起成为博物馆，船上有丰富的史料展示，因为参加的战斗多，史料比纽约的无畏号看上去更为精彩些。中途岛号对面就停放着两艘尼米兹级航母，舰上从老式的SNJ教练机到少见的A-5攻击机，再到不能缺的F-4和E-2预警机，藏品非常丰富[15.16.17.18.19]，但是印象最深的是，我在这里居然看到一幅海南岛的军用地图[14]。

11

12

13

14

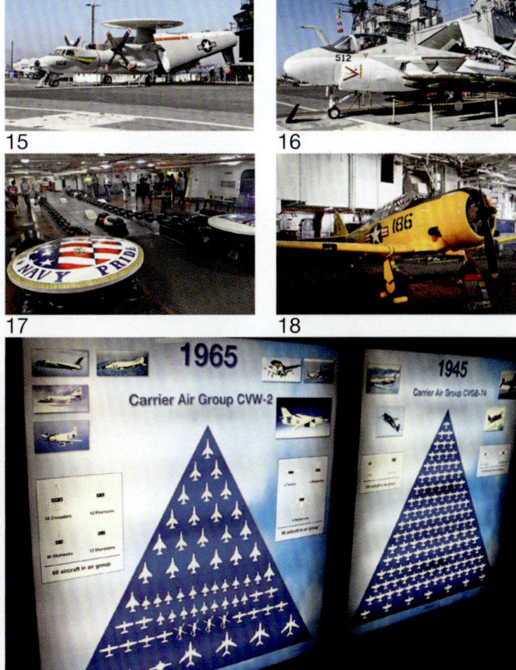

15 16 17 18 19

你可以
去哪儿，看什么

太平洋舰队

圣迭戈是美国海军太平洋舰队下辖第3舰队的司令部所在地，卡尔·文森号[03]、西奥多·罗斯福号和罗纳德·里根号[04.05] 3艘航空母舰以此为母港，港口内提供南线和北线各1小时的海上巡游，可以非常近距离地巡视现役最新式舰艇。除了感慨美国海军实力的强大外，很多下水30年的老舰保养之好也令人佩服。

01

02

03

在《壮志凌云》
是的，露面不多
不过当年卡尔·文森号航空母舰上的
F-14/A型雄猫式战机
大家应该非常眼熟吧

航空母舰

尼米兹级是美国海军现役核动力多用途航空母舰，作为美国海军远洋战斗群的核心力量，搭载不同用途的多种战机，带领由核潜艇、巡洋舰、驱逐舰、补给舰组成的特混舰队，执行远洋打击任务，该级航母一共十艘，是美国最强大的战略威慑和战术打击执行力量之一，平常看照片感受不到排水量十万吨级的巨舰究竟有多么庞大，必须得身临其境。最新的福特级航母已于2013年在美国东部英格尔斯造船厂下水，美国海军的战争实力太雄厚了。

桑普森号（左）和约翰·保罗·琼斯号（右）
参演了**《超级战舰》**
兄弟俩在大屏幕上摆弄的巨兽
都是阿利·伯克级驱逐舰

07

08

09

10

11

12

13

14

15

16

不出海作战的时候，海洋怪兽们都有一颗恬静的心。

传统上远洋作战能力仅次于航空母舰的是巡洋舰和战列舰，二战过后战列舰渐渐被航母和导弹核潜艇所取代，自由级濒海战斗舰沃斯堡号和独立级濒海战列舰独立号还是那么威武啊[09]。至于巡洋舰，至今，提康德罗加级巡洋舰（考佩斯号[10]）依旧是美国海军主力。

每个军舰迷的童年都至少充斥着3个神秘莫测的庞然大物，一个是航母，一个是潜艇，一个战列舰。这不，一艘洛杉矶级攻击核潜艇就在眼前呢[07]，正在维修中，而海事博物馆的水面还停着一艘前苏联633型罗密欧级柴电动力潜艇[08]，船体与水的交线线长了绿苔。想到冷战中的美国与苏联，就感觉这事儿比较有意思啊。

两栖攻击舰的战力同样不逊于航母，这艘，便是黄蜂级两栖攻击舰第2艘埃塞克斯号[11]，以美国海军二战名舰命名。而美军最新型的圣安东尼奥级多功能两栖船坞登陆舰安克雷奇号也正在休整中[12]。

佩里级是美国唯一在役的一级护卫舰，这艘麦克拉斯基号[13]已经移交给墨西哥海军了。阿利·伯克级同样是美军唯一在役的一级主力驱逐舰[14]，装备宙斯盾系统的该级军舰深刻影响了世界各国驱逐舰的设计与建造思想。在圣迭戈港，维修船坞[15]、医疗船[16]、运输船、扫雷舰等舰艇都看得到。不过，因为科尔号、马汉号驱逐舰都在港内被袭击过，所以现在海军军港都有相对比较严格的警戒，空中经常有海军的SH-60型直升机掠过，飞机迷应该感兴趣吧。

美洲杯帆船赛

世界购物天堂

没有航海传统的中国人不了解：拥有160多年历史的美洲杯帆船赛是与奥运会、足球世界杯、F1并列的世界4大体育赛事之一。甲骨文公司创始人拉里·埃里森是这项运动的狂热爱好者，这项富人的运动还吸引了阿联酋航空及很多名表品牌的赞助，意大利队的运动服都是Prada设计、制作的，是不是立即有了高大上的即视感[01]？赛事举办地都是风景优美，就第34届来说，威尼斯桑塔·露琪亚港、旧金山湾区莫不如此，我在2011年现场观看的圣迭戈分站赛还有航空母舰作为背景。通过世界上最好的电视转播让200多个国家和地区的观众收看现场实况和海湾美景。

传奇

作为曾经拿过1984年奥运会金牌、5夺美洲杯帆船赛冠军的传奇船长，鲁塞尔·库茨2013年率领甲骨文在1比8落后的情况下连扳8个赛点，不可思议地以9比8战胜新西兰的酋长而上演惊天大逆转。

01

02

03

赛制

从第32届起，美洲杯帆船赛改为每4年内在世界各地举办13场分站赛，决出参加路易威登杯的参赛船队及顺位，这次的获胜者即为挑战者，在决赛中与卫冕者进行最终的角逐。每个分站赛期间各船队和赞助商都会举办很多活动，借这个高端社交平台推广自家品牌。

04

04

05

06

07

08

“水上飘”

高科技的美洲杯赛船在海上仅依靠风作为动力就能跑出的60公里的惊人时速，碳纤维的船体在高速航行时几乎全部露出水面，感觉就跟贴着海面飞一样，两艘船竞速的时候飞快地在身后留下一条长长的浪花，美极了。每次的正赛期间都允许有1名嘉宾乘坐赛船，威廉王子夫妇都试过。一般人只能去新西兰的奥克兰旅游的时候体验美洲杯赛船，坐在真正的美洲杯赛船上御风而行，那种美妙和舒爽一辈子都难以忘记。

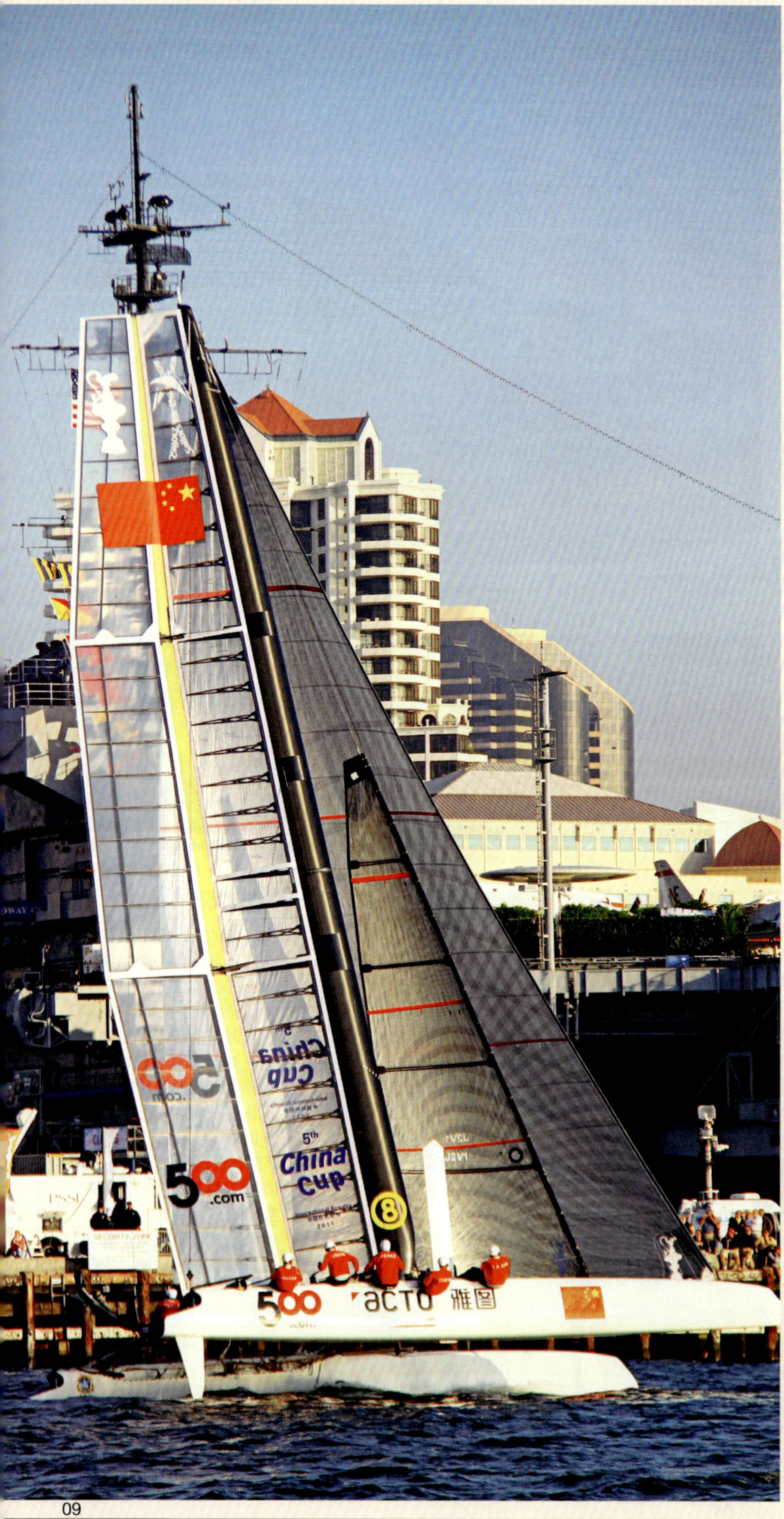
5th
China
Cup
500.com
8
acto 雅图
09

China
Cup
International Regatta
中国杯帆船赛
2011
5th
10

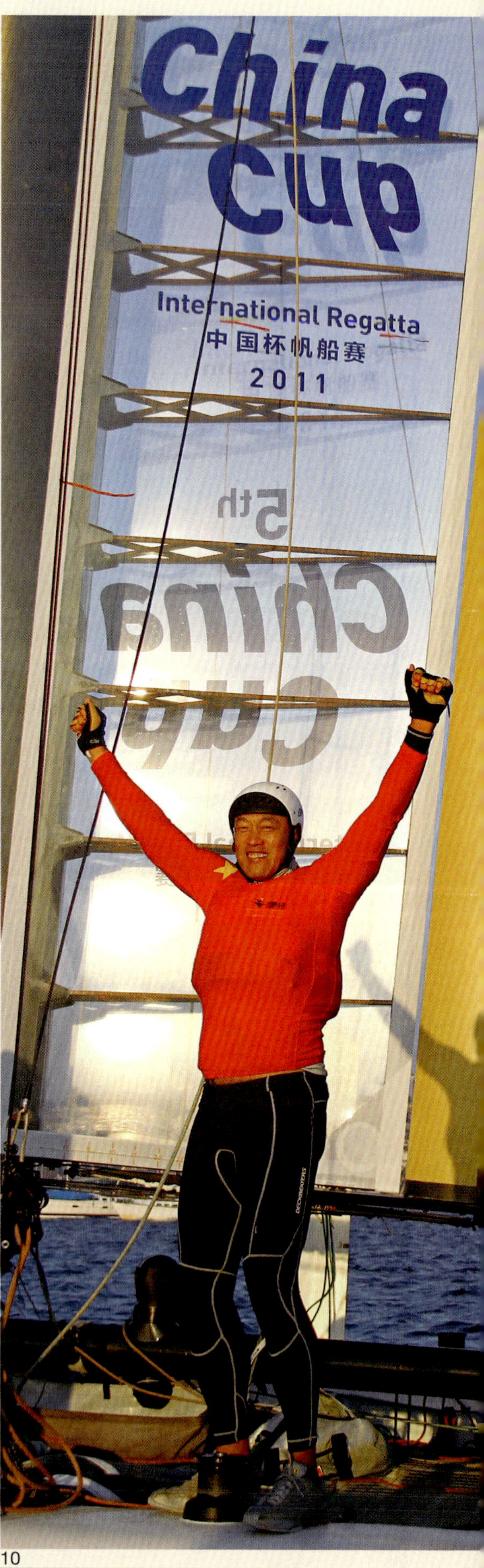

中国杯帆船赛

中国现在也有了属于自己的大帆船赛事[03]，源自2004年一批勇士“纵横四海”的中国杯帆船赛现在已经做到了在亚洲最具影响力。从2007年开始，来自5个大洲的30多个国家和地区的上百支船队一起来到深圳共度这个体育、时尚、艺术汇聚一堂的盛会，千帆竞技大亚湾，场面蔚为壮观[01]。

01

02

03

中国之队

第34届美洲杯帆船赛由来自7个国家的8支船队参加，第2次参赛的中国之队[09]还是一个新兵，我特别震惊的是在队员中竟然看到了身高2.05米的前男篮国手马健[10]。运营一支美洲杯帆船赛船队花费巨大，二三百人的大队伍转战世界各地，造船、报名费都是巨大的开销，甲骨文、酋长这样的大船队预算都要接近1亿欧元，独力支撑中国队参赛的汪潮涌先生真不容易。

我的特别旅程

Super Bowl

2015年超级碗

2015年的超级碗，卫冕冠军西雅图海鹰对阵近15年来第六次杀入超级碗的新英格兰爱国者，这是近十年来最棒的一届强强对决，完美诠释了美国精神和美国体育的终极力量。

本届超级碗举办地凤凰城亚利桑那大学体育场可以将顶棚封闭，事实上赛前几天在比较干旱的凤凰城还都是罕见的雨天，但比赛当天晴空万里，七万名观众通过这个露天顶棚看到了美国空军雷鸟特技表演队的助威飞行表演。

简单描述本届超级碗的战况就是爱国者达阵四次，海鹰达阵三次，最后一分多钟海鹰有两次机会只差一码就能达阵成功逆转获胜，但饭送到嘴边楞没吃上，爱国者通过顽强防守最后拿下隆巴迪杯。海鹰末了错误地选择了传球，按理说一群壮汉一窝蜂往前拱也能把球拱下来了，之前有一个美式橄榄球主题电影叫《最长一码》，真是契合这场比赛啊。赛前气势如虹的海鹰大热，舆论普遍看好由当红炸子鸡四分卫拉塞尔·威尔逊和明星跑锋林奇以及呼啸军团防守组构筑的攻守兼备的场上阵容。橄榄球虽然不是圆的，但是胜利的天平随时可能倒向更为勇猛更有决胜信念运气也更好的那一方。

美国当下最传奇的超级体育明星是谁？或许中国球迷会说是科比·布莱恩特或者勒布朗·詹姆斯甚至“萌神”斯蒂芬·库里，但美国人心目中的超级体育明星肯定是汤姆·布雷迪。

明星球员布雷迪司职四分卫，他的存在是爱国者获胜的主要因素之一。四分卫是一支美式橄榄球队的大脑，要有足够的智慧去组织队员打战术，还要有特别强大的领袖气质和鼓动能力，因为橄榄球是一个真正的团队运动，很多政界名人当年在大学里打四分卫的经历是一定要在履历中着重体现的，比如里根总统、福特总统等。

布雷迪的职业生涯堪称传奇，说是天之骄子也不为过。算上2015年，他带队拿过四次超级碗，排名历史第二，三次拿到MVP，年薪超过2000万美元。不过，更多人可能还是更熟悉他的老婆，世界第一超模吉塞勒·邦辰。

1993年，3500个青少年在超级碗中场间隙簇拥迈克尔·杰克逊演唱了经典之作《Heal the World》，伴随着歌声，球场中央慢慢升起一颗充气的“地球”，表达了拯救地球的大爱精神。也就是从那一年开始，备受世界瞩目的NFL中场秀成为MJ留给世人的不朽之作。此后，U2乐队、麦当娜、碧昂斯、小甜甜、滚石乐队这些世界上最红的娱乐偶像都没有缺席过这个堪称美国春晚的舞台，能否在NFL中场秀表演，也侧面成了衡量超级巨星的标准之一。

2015年的中场秀上的表演嘉宾是“水果姐姐”凯蒂·佩里，她一连串烧四首经典歌曲，分别骑着狮子，吊着威亚连歌带舞，拼劲十足。拥有超过1.2亿美国电视观众的超级碗就是这么牛，今后想在中场秀演出要倒给NFL钱。

老美的爱国主义情怀是通过各种形式呈现的，比如，所有大型体育比赛前都要演奏国歌，有时候还请各种人物领唱。2015年超级碗也不例外，开场就是全场肃静清唱美国国歌环节，还有海陆空陆战队等各兵种执旗仪仗，美国精神从头到尾贯穿始终，也算是美国人的爱国主义教育了。

开场前先是活力四射、新鲜水灵的亚利桑那大学啦啦队表演，图中展示的部分仅仅是冰山一角，场面阵容规模大到夸张，乐队至少上百人。爱国者和海鹰的专业啦啦队也非常给力，上下半场全程在鼓动观众为本队加油助威。

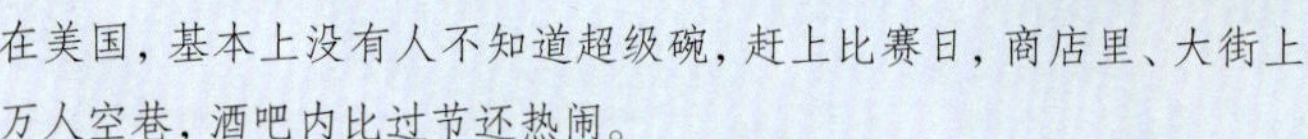

在美国，基本上没有人不知道超级碗，赶上比赛日，商店里、大街上万人空巷，酒吧内比过节还热闹。

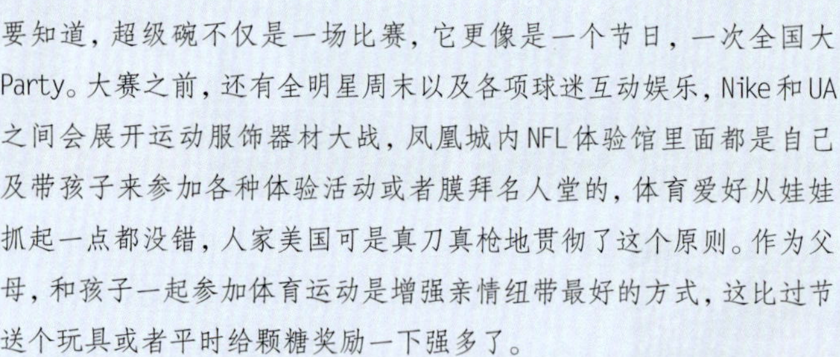

要知道，超级碗不仅是一场比赛，它更像是一个节日，一次全国大Party。大赛之前，还有全明星周末以及各项球迷互动娱乐，Nike和UA之间会展开运动服饰器材大战，凤凰城内NFL体验馆里面都是自己及带孩子来参加各种体验活动或者膜拜名人堂的，体育爱好从娃娃抓起一点都没错，人家美国可是真刀真枪地贯彻了这个原则。作为父母，和孩子一起参加体育运动是增强亲情纽带最好的方式，这比过节送个玩具或者平时给颗糖奖励一下强多了。

奥运会最大的转播商NBC成为2015年超级碗的主转播商，更为赛间广告开出来了450万美元30秒的超级天价（算起来1秒钟价值15万美元）。比赛的电视转播技术可谓顶级，画面非常好看，普通美国人要想收看这场比赛的电视直播需要支付近1000元人民币的费用，相比之下中国体育迷真是世界最幸福的了，免费就能观看比赛直播了。

开场前两队老板都下到赛场看望球队，西雅图海鹰的老板就是坐在电瓶车上打招呼的这位常年占据世界富豪排行榜前列的保罗·艾伦，不过最后还是波士顿地产商克拉夫特笑到最后。

目测现场球迷分布，海鹰球迷、中立球迷和爱国者球迷的比例达到6:2:2，本场比赛票价据说均价超过6000美元，这一定是平均了超级昂贵的包厢票，多数球迷加上交通食宿至少也得三五千美元。

能去超级碗现场在美国是件大事，跟二十年前中国人能到央视春晚现场露个脸的感觉差不多。球票并不好搞到，就连好莱坞明星都要自己买票去支持心仪的球队。非常幸运，最后五分钟我正好站在爱国者球迷中间，尽享了他们的狂喜。

我的特别旅程

Avengers: Age of Ultron

《复仇者联盟：奥创纪元》全球首映仪式

2015年4月13日，迪斯尼旗下漫威影业为超级英雄电影《复仇者联盟：奥创纪元》在杜比剧院举行了盛大的全球首映仪式，由电影《钢铁侠》、《美国队长》、《雷神》、《复仇者联盟》和电视连续剧《神盾局特工》构筑的庞大漫威宇宙世界要在这个节点做一个承上启下的故事。作为一个漫画迷和影迷，有幸参与电影首映，之前真是不敢想像。

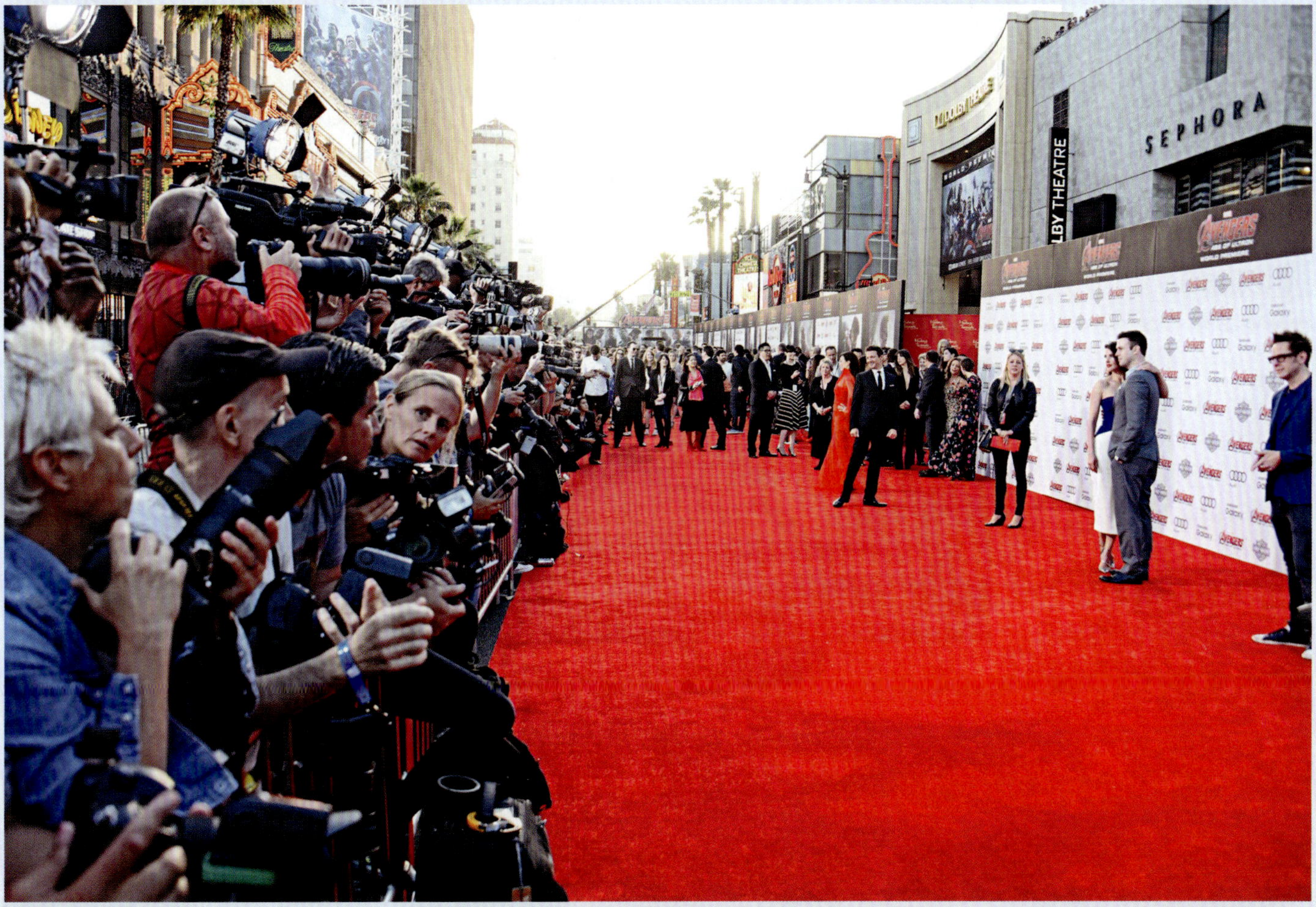
SEPHORA
DOLBY THEATRE

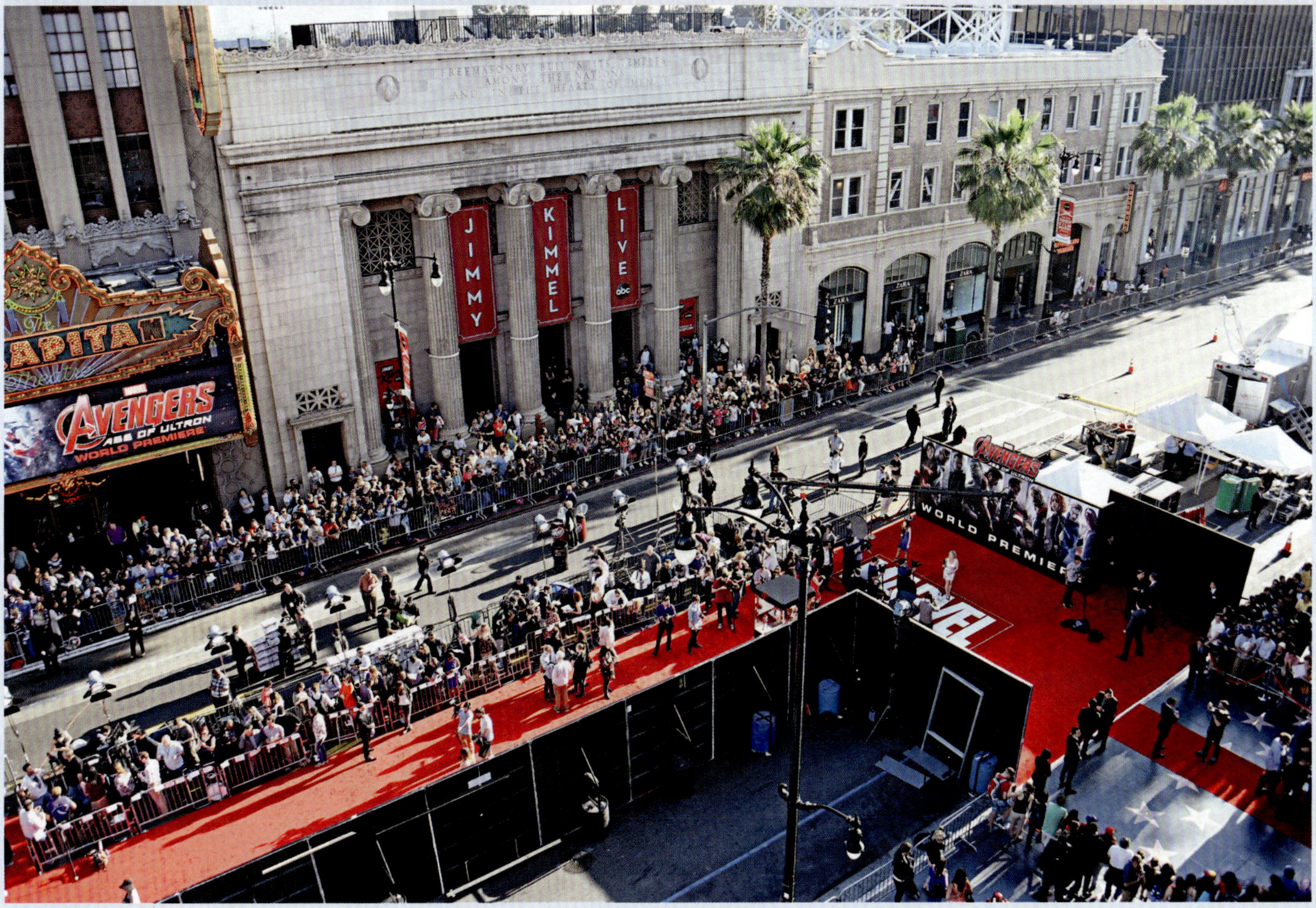
JIMMY
KIMMEL
LIVE
CAPITAN
AVENGERS
AGE OF ULTRON
WORLD PREMIERE

《复仇者联盟·奥创纪元》的首映是整个洛杉矶的大事儿，当日，整个Hollywood Highland街区的大道都被封闭起来作为首映式红毯的举办地，曾经参与过漫威系电影和电视剧演出的明星几乎都来了，阵仗不可谓不大了。世界各国媒体被主办方有序地分为摄影记者区和电视记者区，感觉媒体记者几乎比现场的影迷还要多，从这一点上也可以看出投资方对这部电影的期待。

漫威的影迷真的很疯狂，很多人凌晨4时就已经开始在被封闭的大道一侧排队，直到晚20时红毯结束，足足等了16小时啊！很多狂热的影迷盛装cosplay为偶像助威，还有少数人幸运的得到了签名合影。

而众主演悉数到场，人气指数自然爆棚。最受欢迎的自然是钢铁侠的扮演者小罗伯特·唐尼[01]，所到之处收到尖叫无数，也谋杀菲林无数。小罗伯特·唐尼本身就是个有点公子哥气质的演员，电影中可谓本色出演，他自然也是扮演钢铁侠的不二人选。

漫画电影中超级英雄的形象感太强，有时候看见演员还真不太知道各位的真名了。比如美国队长的扮演者克里斯·埃文斯[03]，本来是典型的美国帅哥，脸蛋和身材都无可挑剔，但不知怎么每次电影活动都留着大胡子？难道在强调“我

01

03

04

02

05

06

07

08

09

10

11

12

是演技派”？还有快银扮演者亚伦·泰勒·约翰逊和夫人萨姆·泰勒·约翰逊[02]出现的时候，我是听到影迷的呐喊才反应过来。这位现年25岁的影星妻子大有来头，她就是2015年大热影片《五十度灰》的导演，今年已经48岁。

鹰眼的扮演者杰里米·雷纳[04]作为硬派小生的代表，举手投足间都给冷峻的鹰眼带来一丝温情。还有典型的肌肉猛男克里斯·海姆斯沃斯[05]，作为北欧神话中雷神的扮演者，身材好事必须的。

黑寡妇的扮演者斯嘉丽·约翰逊[09]就不用我多介绍了，无数男影迷的梦中情人，当然希尔特工[06]也有无数的追随者。绿巨人的扮演者马克·鲁法洛[07]可能会让所有男影迷羡慕嫉妒恨了，他在电影中居然黑寡妇谈起了恋爱。

最后我们来看看最重磅的老头—已经93岁的斯坦·李[08]。作为漫威公司的创始人，他创造了蜘蛛侠、美国队长、雷神托尔、绿巨人、神奇四侠、X战警等等一系列经典超级英雄形象。作为“超级英雄之父”，斯坦·李也经常在各种电影中客串出镜。也算是老来俏了。

我的特别旅程

Miss Universe

2010环球小姐总决赛

现在全球最顶级选美赛事就是环球小姐和世界小姐，环球小姐大赛从1952年开始，各国佳丽在获得本国小姐称号之后，进入总决赛，经过泳装、晚装和问答环节，从激烈的竞争中争夺最后的冠军。2015年的各国民族服装展示环节特别惊艳。

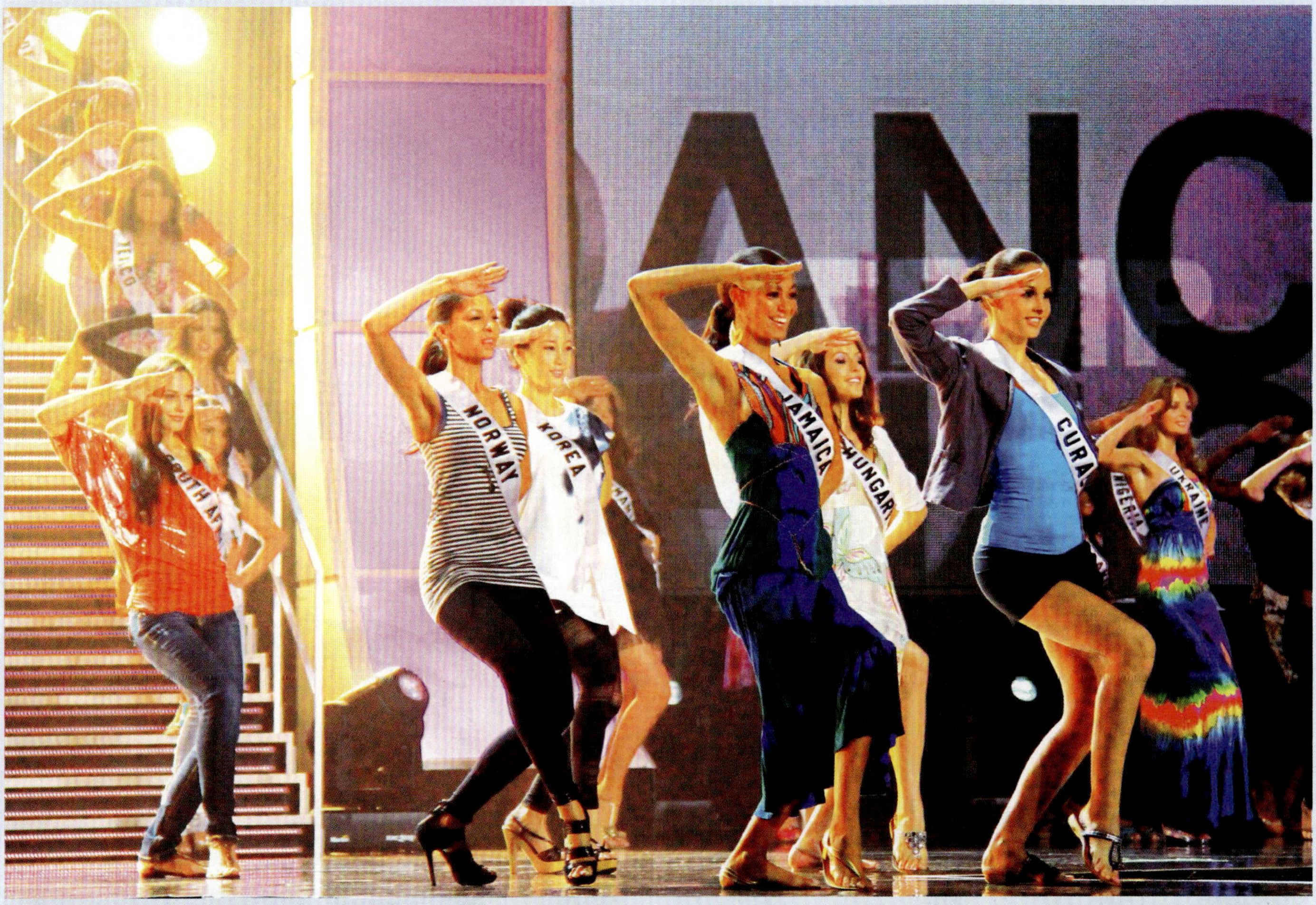
NORWAY
KOREA
JAMAICA
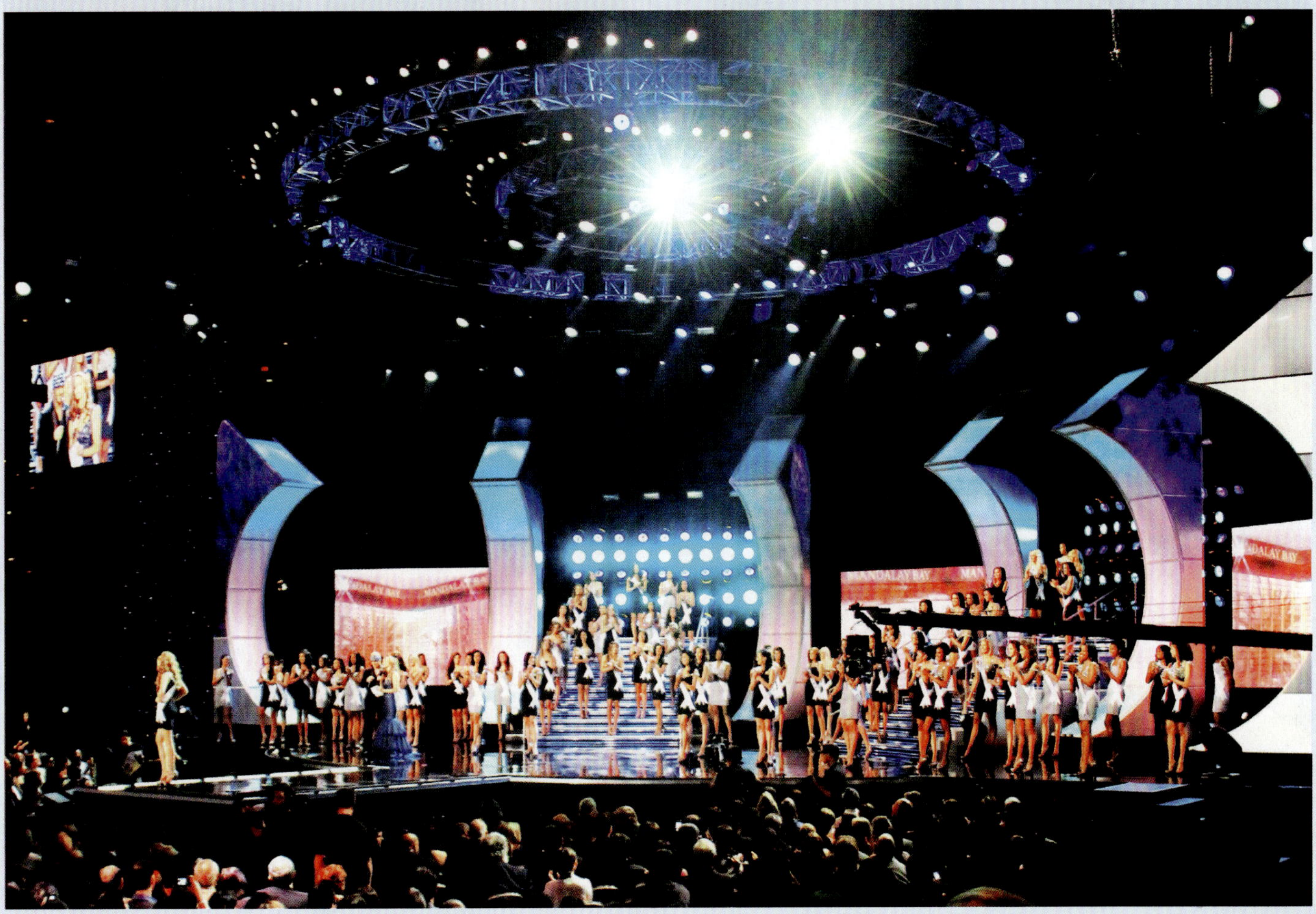
MANDALAY BAY

BRAZIL

SLOVAK REPUBLIC

SINGAPORE

KOREA

SOUTH AFRICA

RUSSIA
GUYANA

TRINIDAD & TOBAGO
BRAZIL
CURACAO

MISS UNIVERSE
CHINA

环球小姐大赛最后一场总决赛在NBC实况播出，里面有很多各国小姐参加的舞蹈等演出项目。

虽然环球小姐比的不全是美貌，但是来自南美和东欧的美女身材天然占有绝对优势，面对这些佳丽，文字显得特别苍白，环肥燕瘦，各取所需吧，不过，最后的焦点自然在停留在前3名、尤其是桂冠的争夺上，就2010年来说，来自墨西哥的希梅纳·纳瓦瑞蒂最终夺得环球小姐的称号，占尽风头，惊艳世界，而为她戴上皇冠的2009年环球小姐、来自委内瑞拉的斯特凡尼娅·费尔南德斯也非常引人注目，作为中国传媒人，我关注的自然是代表中国参加角逐的中国区冠军唐雯。

特朗普，唐纳德·特朗普，在《向东，去美国》的《纽约》和《拉斯维加斯》均因特朗普大厦而出现的地产大王与NBC加持的环球小姐还真是不同凡响啊，拉斯维加斯的几场总决赛都吸引了很多人现场观战，场内几乎是菲律宾人和墨西哥人的天下，与台上不同，跟这些漂亮姑娘的场下接触能感觉到每个美女都是有血有肉的，年轻的佳丽很多还是少女初成长的性格，没有获得冠军也不能剥夺她们的快乐和面对镜头的美丽。

我的特别旅程

United States Air Force

美国航空主题游

1947年成立的美国空军是美国全球战略核威慑力量的主要组成部分之一，代顿、图森、西雅图和华盛顿是了解美国空军和世界航空历史最好的地方，除了军事基地旁边的博物馆还可以通过大量公开的环境欣赏到现役空军主力战斗机的飞行演习和表演。现在要去的地方是之前从没涉及的代顿与图森。

01

02

03

04

图森市干旱少雨，正是这个特征，位于图森市南郊的戴维斯·蒙森空军基地美军第309航空维护与重建中心承担着5000多架在此封存的各型战机的维护任务。很多飞机再也不会起飞，因此这里被戏称"飞机坟场"[01]。

世界最大的航空博物馆之一、也是最大的非政府资助的美国航空博物馆的PIMA博物馆与戴维斯·蒙森空军基地相挨，工作日，在PIMA博物馆可以预订前往飞机坟场内的参观门票，由巴士拉着进入空军基地内参观，这些飞机虽然不能逃脱最后被拆解的命运，但是维护和保养的程度还是足够让人震惊，尤其很多在别的国家尚算先进的飞机也在此封存。

B-52"同温层堡垒"远程战略轰炸机[02.03]，除了此地，你还能在关岛、夏威夷及兰卡威航展等多地看到它执行飞行任务，这种已经装备部队60年的"老爷爷级产品"依然在发挥余热。而B-36轰炸机[04]则是世界航空史上最大的轰炸机，不过，虽然威慑力巨大但这款轰炸机从未参与过任何作战行动，故事多多。

01

02

03

04

05

NASA为运载火箭部件，专门用波音B377型飞机改装的超级古比鱼货运飞机[01]。

工作日，在PIMA博物馆[02.03.04.05]可以预订前往飞机坟场内的参观门票，由巴士拉着进入空军基地内参观，这些战斗机虽然不能逃脱最后被拆解的命运，甚至很多已经被拆成零部件，但是维护和保养的程度还是足够让人震惊，尤其是很多在别的国家尚算先进的飞机也在此封存，让人感受到美国巨大的战争潜力。

图森市不仅有空军的飞机封存中心，还有客机的封存中心[06]。

06

01

02

03

04

05

06

07

B-58轰炸机[01]能达到两倍音速，性能在当时看很高，但是故障率太高所以早早退役了。

涂鸦版的老飞机[02]很有意思。

想把一架本来挺好看的飞机弄丑，就给他设计一个双座型吧[03]。

波音没有竞争成功的YC-14型运输机，但是现在的主力运输机C-17[04]有很多它的影子。

难得一见的空中吊车CH-54型运输直升机[05]。

PIMA博物馆大门前的A-4攻击机[06]。

场内还有很多很少见的机型，比如卡曼的并列双旋翼直升机[07]。

01

02

03

04

05

06

07

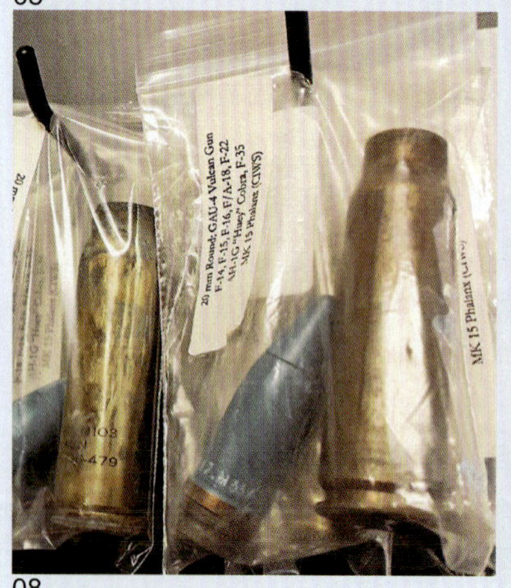

08

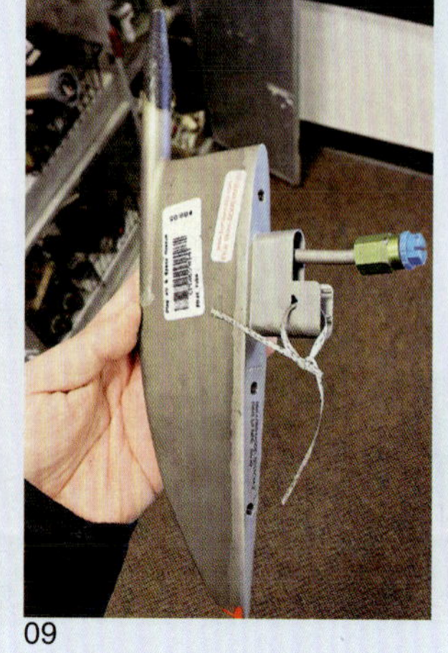

09

B-17和B-29轰炸机[01,02]都是第二次世界大战战胜日军的功臣。

S-3反潜机和雷鸟特技飞行表演队涂装的F-4都是第一次看到[03,04]。

从图森机场周围的航校可以租小飞机[05]绕着空军基地的周围飞一圈，能够非常近距离地航拍飞机坟场内的飞机，一个来小时大约200美元，实在没有想到美国租用飞机如此简单，航线什么都没申请，没有预约直接上门问，飞行员出来看看天气能飞就飞，当然最好提前预约一下。

PIMA博物馆内有一个专门的馆陈列航天展览[06,07]。

因为挨着飞机坟场，博物馆有相当特色的纪念品在售卖，比如战斗机航炮的弹壳[08]以及飞机上的空速管，甚至还有仪表和发动机小叶片卖[09]。

位于美国中部的代顿是个小城市，但这里是莱特兄弟的故乡，位于赖特—派特森空军基地旁的国家空军博物馆是美国最大的航空博物馆，有3个连在一起的大机库收藏了很多珍稀品种甚至是美国现役最先进的战机，馆内还提供前往空军基地内一个专门存放试验机型和空军一号专机机库参观的机会。

01

02

03

04

05

空军基地门口是莱特兄弟的纪念碑[01]，世界上第一个机场也距此不远。

因为是空军博物馆，所以陈列的早期机型多数与最早用于军事用途的飞机有关[02,03]。

早期的风洞试验设备[04]。

一战前后德国的福克三翼机[05]，红男爵里希特霍芬就曾经驾驶过这种机型。

01

02

03 04 05

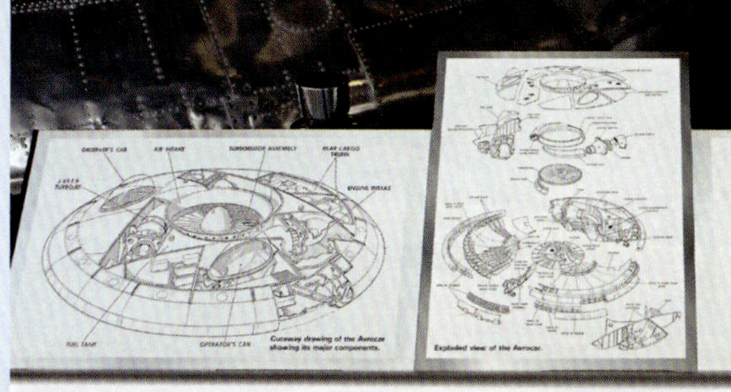

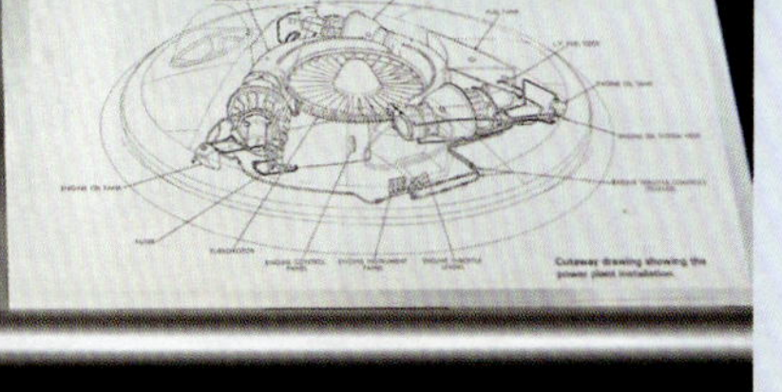

06

因为B-36航程过于遥远，当时设计了这种XF-85型护航战斗机[01]，它可以吊挂在轰炸机上。

美国竟然设计了这款像飞碟一样脑洞大开的垂直起降设备[02.03.04.05]，但是进气口、扰流片的设计思想还是停留在传统的设计思路上。

不仅有实物，竟然还有设计图[06]，代顿博物馆的宝贵之处在于，当年最神秘的东西都能毫无保留地呈现在大家面前。

07

08

09

10

这个机库内有美国历任总统乘坐的专机[07.08]，从罗斯福的C-54到杜鲁门的独立号，还有艾森豪威尔开始的“空军一号”呼号专机，基本上都收集在这里了，图森也有一部分，但风吹日晒的保养明显不如代顿放在机库里好。

机库内有很多试验机型，比如这架就是海军陆战队现役主力V-22鱼鹰的前导试验机型[09]，里面很多飞机的样子实在是太奇怪了。

20世纪50年代的垂直起降试验机型X-13[10]。

01

02

03

04

05

06

07

B-36轰炸机和它携带的原子弹[01]。

曾经参加过美国轰炸利比亚"黄金峡谷"行动的F-111轰炸机[02]和EF-111电子对抗机[03]。

B-1B超音速远程战略轰炸机[04]。

在B-52轰炸机前吃个晚餐怎么样？派特森空军基地经常有一些活动放在这里举办[05]。

一般人只听说过，没有见过的真正的原子弹[06]和氢弹[07]。

B-2隐形战略轰炸机[08,09]，1999年起就在这里展出了，真的是不怕泄密啊，不过最为机密的隐身材料涂层应该没在上面吧？B-2越看越好看，在代顿，可以在一个机库内看到大名鼎鼎的臭鼬工厂所有著名产品。

08

09

220
92458
U.S. AIR FORCE
USAF

U.S. AIR FORCE
U.S. AIR FORCE
U.S. AIR FORCE
EXIT

01

04

05

02

06

07

03

08

09

美军最先进的主力战斗机F-22[01]，之前在这里陈列的是它的原型机YF-22。
F-117[02]，世界上第一款隐形战斗机。
洲际导弹的多弹头[03]。
对面派特森空军基地的现役战机[04]。
EC-121D预警机[05]，曾被朝鲜击落过。
世界上最大的无人机RQ-4A“全球鹰”[06]，翼展接近波音737，不加油都能在天上飞接近两天。
人类航空史上第一种投入实战的喷气式战斗机Me.262（德国）[07]。
拥有两个机身的F-82B“李生野马”[08]，韩战期间获得最早击落三架北朝鲜战机的战绩，不知道飞行的时候两个飞行员左右意见不一致怎么办？
采用旋翼末端发动机推动的直升机[09]。

01

02

冷战怪兽，代顿的镇馆之宝：世界上仅存的一架XB-70女武神战略轰炸机原型机[01.02]，能达到三倍音速。

在美国各地和世界各大航展拍摄的美国现役主力战机：F-35A[03]、F-16C[04]、F/A-18F[05]、AH-64D[06]。大鼻子的EC-135E[07.08]用于检测阿波罗及其他航天器。

03

04

05

06

07

08

特别旅程

Yellowstone National Park

黄石国家公园几乎是检验一个人是否进行过美国深度自由行的标志。当然，旅游的好坏主要看心情和旅伴，咱们没必要被别人的看法限制着去周游世界，美国有太多的国家公园，一个个来看吧。

01

02

03

04

05

06

07

08

09

从距离最近的2002年冬奥会举办城市盐湖城开车到达黄石公园需要6到7个小时，建议提前从http://www.nps.gov/yell/index.htm下载导览图，老忠实间歇泉、大棱镜、猛犸温泉、黄石大峡谷、黄石湖都是游客钟爱的景点，都逛下来大概需要两天时间。注意，黄石公园的5个门并不是全年都开，很多景点的开放时间依据天气情况决定。

如果你选择在黄石公园留宿，那么，黄石西门的帆布酒店是此夜的观星圣地[02]。

接下来，自然是一处接一处的温泉了：老忠实间歇泉[01]，每90分钟左右喷发1次，每次大约4分钟，喷发时间非常规律，就像一个从不骗人的老家伙；大棱镜温泉[03]是世界第3大温泉，湖水颜色会随着季节变化，非常奇妙；猛犸温泉[04]是世界上已探明最大的碳酸盐沉积温泉。

黄石公园每年都会发生一些火灾，不过不用担心，化成灰烬的植物又会给新一轮生命带来滋养[05]。树木生死以大自然自己的方式进行调节，这就是轮回。

在黄石公园的静谧与安宁之中你也可以选择思考，俗称发呆。

索引

版权声明